那些法國教我的愛、自由與家傳美味

巴黎上車，台北到站

周品慧／著
林禹岑採訪撰文

Départ Paris, Arrivée Taipei.

這一路走來，我深刻感受到教養因文化而不同，

文化卻也因教養而來。

文化是一種深層耕耘的結果，

是要慢慢由生活中一點一滴的滲透進去，然後才能外顯的東西。

在法國，食衣住行中處處都充滿了文化的果實。

感謝我的父母從未對我有任何功成名就的期許，

因為他們的自由和包容讓我活出一個平凡但屬於自己的人生。

目錄

序　還沒到站，還要轉車　王文華　08
序　她就是法國女人的樣子　大A　10
序　最精鍊的法式美好！　安朵　11
自序　我在法國拾起的三把沙　14

Part1　法國給我的自信宣言
1　我在巴黎找到自信　20
2　因為自在，所以更有魅力　29
3　學會接受不完美　38
4　成為追求「活過」的靈魂　43

Part2　台灣媽媽、法國女兒
1　浪漫中的嚴謹　54

2 沒有不能輸的起跑點 62
3 最珍貴的育兒寶典 71
4 教養學也是一種語感學 77
5 那些法國媽媽教我的事 86
6 養出孩子的幸福本能 94

法國女兒這樣說 別怕跟別人不一樣 Emma 105

Part3 我眼中的真實法國

1 浪漫：忠於自己的情懷，隨著心走 116
2 舊房子、舊家具，「舊」品味 124
3 法國人為什麼不胖？ 133
4 不要碰我的周末！ 141
5 法國女人的堅強與優雅 149
6 法國式英雄：手工藝匠 156
7 又個人又博愛：矛盾的法國人 162

Part4 飲食背後的生活態度
1 初到法國的震撼 174
2 教養從餐桌開始 178
3 宴客的藝術 190
4 我在法國學會的家常美味 206
•連小孩都會做的瑪德蓮 209
•皮薄如紙的可麗餅 212
•外脆內彈的可麗露 214
•家傳的法國正統蔬菜湯 217
•連九十歲媽媽都愛的油封鴨腿 219
•女主人燉肉 221
•無防腐劑的橘子果醬 225
•法國家庭都有的沙拉菜 226
•清爽不膩的檸檬塔 228
附錄 那些父母在我心中播下的種子 231

序

還沒到站，還要轉車

知名作家 王文華

三年前一個星期六下午，我在瑪德蓮餐廳外面廣場辦活動。結束後走進餐廳喝咖啡，就這樣認識了品慧。

那天後，我走進台北的小巴黎。它的巴黎味不在於餐點，而在於人。最重要的人當然是品慧，三十八年的巴黎生涯，讓她每一根髮絲都說法文。其次是她「趕來吃中飯」的女兒Emma，她有法國人的長相、台灣人的中文、米其林的甜點手藝，以及以色列和巴基斯坦的iPhone歌單。

還有品慧在巴黎認識的留法的台灣學生，書中稱為「巴黎幫」。如今成了作家、音樂家、藝術家。他們常在餐廳表演，表演完了就坐下來喝一杯。台上台下、戲裡戲外，沒有距離。

我喜歡這種自在、家常、放鬆、藝術氛圍、多元文化。這些詞不只是形容品慧的餐廳，也形容她的人生。

在這本書中，品慧談法國、教育、親子、飲食、生活。她分享了幾道家常菜的食譜，但她做的最重要的一餐，其實是一碗稀飯。沒錯，稀飯。這本書，一定要看到最後的「附錄」。

這本書如果用兩個字來形容，就是「活過」。在書中，「活過」代表珍惜與創造自己想要的生活，留下生命的軌跡，和細膩品嘗舊的人、事、物。

品慧「活過」了，不只在台北，也在巴黎。所以書名是《巴黎上車，台北到站》。但我猜這本書、瑪德蓮，或台北，都不會是品慧的終點站。她會在這些地方轉車，把自己、女兒、「巴黎幫」，和我們這些讀者，帶到另一個美好的地方。

序

她就是法國女人的樣子

作家　大A

會認識四姑不是因為我在金石堂辦過簽書會，而是一個從法國回來的朋友，帶我去認識了一群法國幫：幾個很優雅可是沒有身段的人，幾個喝多了也還是不失態的人。四姑就坐在他們之間，笑笑地看著他們，看不下去的時候就說說他們幾句，可是從來不會傷到了誰。

然後我一次又一次地見到她。她一直都像個女主人，細心而不過分地打扮，從容又聰明地說話。有時候會在家裡準備好一桌子的菜，好整以暇地等著我們來。吃完以後就去客廳喝酒聊天，她會放幾首喜歡的音樂，然後一群人聊一整個晚上。

那是我一直以為的法國女人。她就是法國女人的樣子。

在她的新書裡，有更多和法國有關的一切，還有電影沒有告訴我們的：法國的浪漫不在生活方式，而是生活態度。

序

最精鍊的法式美好！

旅遊作家　安朵

和四姑姑在巴黎認識，我是她書裡一開始提到，在她巴黎 Saint-Lazare 車站附近公寓的聚會上，常出現的其中一個台灣來的年輕人。「四姑姑」，我們一直跟著在巴黎帶我們認識她的朋友這樣稱呼她，表面上是對長輩的尊稱，對我而言卻比較像是個好友的暱稱。雖然和她年齡的差距對我而言的確是長輩的輩分，但從在巴黎時她辦的聚會裡品嚐她拿手的油漬番茄和 Emma 做的法式家常甜點、一夥人促膝長談、甚或是一起開心跟著音樂跳舞，一塊兒到瑪黑巷弄裡的小店挑禮物，去森林裡野餐，到我們先後回到台灣，經常在她開的法式小館裡吃著我認為是台北最好吃的油封鴨、啜著紅酒、聽著 Serge Reggiani 滄桑性感的歌曲，聊愛情、談人生、甚至辯論起社會議題，她一直像個彼此了解相合的朋友，一個當我覺得生活煩悶時可以一起抽根菸、吐吐苦水的大姊，或是心情極好時可以一起大啖美食、把酒言歡的摯友。

她像大多數巴黎女人一樣，你很難精確猜出她的年齡。永遠纖細的身材，淡妝和總是經過打理的優雅髮型，可能是白襯衫、合身牛仔褲搭上一雙樣式簡單但顏色鮮跳的尖頭高跟鞋，再加上她自己搭配的雙圈細鍊，或是一襲她說已經擁有十五年、卻依舊細緻摩登的洋裝，說話總帶著淡然的慵懶，表情也有典型法國女人的小小桀驁不馴，當然也充滿台灣同齡女人少有的，對人生自在的態度和一顆極度需要自由的心。

這本書就像平常我們點點滴滴的暢談裡，她對自己過去到現在，甚至是未來的生活觀點。她常愛說「過活」這件事很重要，她近四十年在法國的生活教會了她這點。她表面上浪漫到無可救藥，骨子裡卻十分務實，她也總是說她從未後悔過這輩子的選擇以及成為現在這樣的一個女人，因為她腦袋裡可能已深藏著典型的法式思考：她接受人生總是不完美，但卻相信即使在最壞的情況下，也不會毫無所獲；她堅信心的自由才能帶來思考和行為的自由，而人生最大的圓滿是對不圓滿的坦然接納。對我而言，這是最精鍊的法式美好！

13　　序　最精鍊的法式美好！

自序

我在法國拾起的三把沙

一九七〇年代，台灣還處於戒嚴的年代，沒有網路，沒有手機，電視只有三台，音樂會不多，出版社開始出現，沒有文創，沒有多如牛毛的咖啡店和餐廳。經濟正在起飛，那是一個蓄勢待發的時代，年輕人充滿了求知的慾望。出國念書在現今社會只是父母教育規劃的最後一環，但在當時卻代表了追求夢想，探索新世界。我正好趕上那世代的風潮，不同的是我沒有和別人一樣選擇去美國，而是去了法國，充分表現了我非理性、非功利、不實際的天性吧！

我能去法國是因為我有一對了不起的父母。在傳統的社會風氣中，他們有開明、自由的心胸，因為傳統，所以他們從未期望女兒有什麼大成就，但也沒有用封建保守的桎梏限制我和保護我，他們傻傻地（或充滿愛心吧）就放我一個人去飛了。

四十年一晃而過，回頭想起，我很感激父母給我的自由和信任，也很佩服他們開闊的眼界和包容的心胸。不管我這一生過得順遂與否，他們從未強迫我成為他們心目中理想的成功模型。他們肯定失望過，也必定承受了外界無形的壓力，華人世界最要命的「面子」，相信我的家人沒有倖免，但是父母從未對我有任何的暗示。我結婚時（嫁給一個大我十六歲的法國人）他們反對，但結婚後他們比任何人都包容我先生。

當我跟媽媽說：「我離婚了。」她只是輕輕地回了一句：「離了就離了，事情處理好就好了！」當時父親已經不在世了，如果他還在的話，想必除了「要勇敢」外也不會有贅言了。

我的人生或許在父母的縱容下走向一條非傳統的路，在許多人的眼裡一定是不完美、充滿錯誤的。如今細細想來，在無數次的跌跤時（可能現在仍在跌跤），我確實有照爸爸所說的：「即使是跌倒了，爬起來時也不要忘記順手抓一把沙。」

我抓到的第一把沙是：我看到了另一個世界，為自己打開了一扇很大的窗，使我的思維、價值觀改變了許多。我沒有做過貴婦，我的櫥櫃裡沒有什麼名牌包，但是我看過許多美的事物，懂得被它們感動。

第二把沙是：我學會了另一種語言，它不是工具，而是打開另一種文化的鑰匙。至今每當我讀到一本好的法文書，甚至一句很美的法文，心裡真的覺得自己何其幸運。透過文字我看到不同的靈魂；我對事、對物有了不同的感受，懂得用不同的形容詞表達不同的敏感度、不同的思維和不同的邏輯。

第三把沙是：我所經歷過的人生，讓我學會了獨立，自己面對問題，自己負責。過了就不要回頭，無悔、無恨，繼續往前走。

三年前，在新開的瑪德蓮書店咖啡偶然間認識了作家王文華，承蒙他的邀請上了他的節目。後來有次在店裡吃飯聊天，剛好回台進修中文的女兒 Emma 也在座，大家東南西北聊了一些教育方面的問題，文華突然說：「你們應該把這些記錄下來！」就這樣，經由他的熱心引薦，認識了時報文化的宜芳，有了寫這本書的想法。

這一路走來，我感受到教養因文化而不同，文化卻也因教養而來。Culture 在法文和英文裡的意思都等同於農耕、種植，而「有文化」的法文 cultivé 就是耕作的完成式，可見文化是一種深層耕耘的結果，是要慢慢地由生活中一點一滴的滲透進去，然後才能外顯的東西。如果只想到要如何做才顯得有文化，那就可能只是一個外殼而已。

法國人說得好：「文化是一個當你什麼都沒了的時候，唯一剩下的東西。」

這不是一本說教的書，不是一本教養書，我也無意吹噓法國文化，每個國家都有它表面和暗藏的問題或危機。我想分享的是自己在法國多年的經歷和想法，如果覺得好用，請拿去試試，如果不認同那也再正常不過。人生本就是多樣的，世界因為有你、有我而精采。

（照片提供／PRESTIGE）

Part 1

法國給我的自信宣言

海明威說：「如果你夠幸運，在年輕時待過巴黎，那麼巴黎將永遠跟著你，因為巴黎是一席流動的饗宴。」我很幸運，在這席流動的饗宴中第一個找到的是自信，也是我在時尚之都穿上的最經典名牌。

Départ Paris - Arrivée Taipei!

我在巴黎找到自信

你喜歡你自己嗎？

在一九七四年，離開台灣之前，我的答案肯定是「不」，三十八年後的我，從法國運回台灣的行囊裡，除了一些人世間的雜物和回憶外，還有「自信」。

母親在我小時候常說，六個小孩中我最像爸爸，長得最不好看，這句話跟著我一輩子。我從小就沒自信，總覺得自己不漂亮，也不特別聰明，不特別會讀書，不懂得討人喜歡，好像跟當時台灣社會格格不入，覺得無法展現自我⋯⋯，心裡有好多個「覺得」，產生想出國追求合適環境的念頭，也許當時潛意識中我就有強烈的想做自己的念頭吧。

對比當年大多數人選擇去美國或英國留學，我選擇去法國也許是天生的反骨。父親經由日本香料公司的介紹，認識了一位里昂香料公司的董事長，我念的又是法文，決定赴法留學時，自然就把我託付給他。

不過，第一年非常受挫。

我在父親的法國友人家住了三週後，八月到來，他們跟多數法國人一樣要去渡假，我也要開始上語言學校。他們幫我找了一間修女主持的女子宿舍，這又是另一個挑戰的到來。

* * *

剛去法國就借住在法國人家，又跟著他們到處跑，所以並沒有什麼獨處的時候，也沒有機會多想，一搬進宿舍，才赫然發現舉目無親。八月份的法國又特別冷清，那時候才開始有種離鄉背井的孤獨。

宿舍裡住了一群年輕的法國女孩，白天大家各忙各的，晚上才會聚在食堂裡一起用餐。這些女孩子聚在一起嘰嘰喳喳，像一群麻雀，不僅說話速度超快，用的字句也全不是我在書本中所學的，我不禁懷疑自己在台灣學的真的是法文嗎？

還好，她們滿有耐心的，肯為了我放慢說話速度，又教了我一些俚語，讓我在日常生活中很快逐漸上手。

上了幾個月的語言學校後，我正式進入里昂大學部，從最後一年開始上起（因為同是文科，法國不承認我在台灣的大學文憑）。真正的困難由此開始。

語言上，我在台灣所學的當然無法應付本國人念的法國文學課程，但更難的是，我對他們的教育方法一無所知。第一，上課記筆記是每個法國學生從中學就練就的基本功，老師連筆記格式也有一定的要求；第二是考試的方法，不要說大學，他們從中學開始，所有考試都只有申論題，沒有選擇題。第一次考試時，老師發試卷一下來，我看到同學思考幾分鐘後，先在草稿紙上寫出大綱，然後就開始振筆疾書，每個人至少寫上四、五頁，有的人甚至能寫上七、八頁。我折騰了三、四小時，勉強擠出兩頁，那次我只拿到四分，法國的制度滿分是二十分，也就是說我才拿了五分之一的分數。

雖然是法文系畢業，但到了法國，發現自己四年的法文程度根本不及格，同學又都比我小上好幾歲，打擊真的很大！

所幸，我一開始是到里昂念書，那裡沒有什麼華人，在純法語的環境裡，靠著勤能補拙的「土功夫」，有一半時間都在查字典，咬牙撐過第一年，總算勉強跟得上法國同學的程度。

現在回想起來，那段時期其實學到許多，也是我跨出獨立的第一步。

我學會了自己去銀行開戶、自己找房子、辦居留證、學會了另外一套讀書方法、學會了如何交朋友、借筆記、學會了如何上台口頭報告……，同時我還兼職在里昂成人大學教授中文與中國文化課程，可以說第一年在生活上和學業上，我先學會了基本的生存能力。

當年里昂大學只有三個台灣人（連我在內），雖然孤單，卻也被迫加快學習法文的速度，同時也交了很多有趣又懂生活的法國朋友，包含當地酒莊教母、建築師、醫生、企業老板、產絲世家女兒……等。說也奇怪，我很能適應法國飲食，記憶中完全沒有任何的水土不服，思念家鄉食物的問題。我整個人可說是一頭栽入法文的世界裡，每天生活忙碌，好像也沒什麼時間思鄉。

里昂的生活步調很悠閒，我跟法國朋友學做法國菜與甜點，從味覺先認識法國人的生活態度。不過我也發現，里昂人觀念較保守，當地一些世家出身的女孩，往往念完大學後，早早便找個同是世家的好先生，嫁為人妻，專心在家相夫教子。白天就喝下午茶，偶爾上課，打發時間。

我當年很愛打扮，一點也不像個念博士班的老古板，所以法國人覺得特別有趣，不太相信我會念書，而且還拿了學位！當我愈深入法國人的生活方式和步調，了解他們的行為與思考方式後，我開始漸漸覺得，自己的人生或許也有其他可能性。

* * *

當我念到語言學博士前期學位，進入寫論文階段時，我做了一個重大決定。念了這麼多年書，我已經二十六歲，也愈來愈覺得自己不適合學術圈，也真的覺得自己不是讀書的料。我很想去看看學校以外的世界，掙扎許久，最後我決定放棄博士學位。一九八一、八二年時，外貿協會成立法國辦事處，我應徵上工作，便離開待了八年的里昂，到巴黎展開新工作、新生活。

我真正建立自信心是到巴黎工作後，在三十歲到四十歲之間。

在外協辦事處的工作讓我開了眼界，長了見識。我的工作內容包括平常蒐集當地商情、經濟動態資料，負責接洽法國機關組織與民間企業，協助台灣廠商參加各種展覽；每年負責籌辦投資研討會，全程安排台灣來的部長級參訪考察團，包含舉辦百人以上的正式宴會等。我發現自己像塊海綿，從工作專業、禮儀應對到生活、文化素養等，全方位汲取巴黎給我的養分。

這幾年，我的法文無論在書寫或口語方面都精進很多，也練就一身在眾人前發言的膽子，學會分辨什麼是「好」的法文，什麼是上不了檯面的一般法文，當然也學會了很快定位站在我對面法國人的出身背景。期間，也因為工作需要認識了一些有名的餐廳，漸漸認識了另一層級的美食。

如果說這段時間使我建立起自信，我認為大部分的信心是法國人給我的。當他們看到我花了幾個月的時間，籌備一場重要會議，從接洽、聯絡到敲定拜會官員；安排住宿、餐廳、宴會，最後還要擔任現場即席翻譯，這一切種種他們一路看在眼裡，不但盡力配合，不斷鼓勵，最後還不吝稱讚我，給了我很多我們自己人都沒有給予的肯定和溫暖。

當法國人在連續一星期的活動後，對我豎起大拇指時，我的眼眶紅了，因為他們能夠了解我的法文程度不錯，不是輕而易舉得來的。他們在過程中看到我的努力，而且願意跟我說，他們「看」到了！

那幾年因為只是當地雇員，所以薪水很少，雖然當時心中難免不平衡，但其實我賺到的是比錢更重要的東西。年歲漸長，回頭一看，更清楚事情常常都是多面，得失之間有時不是只有一個標準可以衡量，在賺與輸的天秤上，我其實是一個大贏家。

* * *

因為工作關係，我有多次機會與法國企業家接觸，從經驗中我發現，比起企業規模、營業額，他們更尊敬充滿人生智慧又有文化素養的各行業領導人。這樣的例子當時常在我身邊發生。

我父親精通日文，但不會講英文，父親每次到歐洲出差，都會來法國看我。我曾介紹他與法國企業家認識（某種層面也是讓他放心我留在巴黎）。沒想到，需要透過我翻譯的父親與那些法國企業家相談甚歡，他們告訴我：「你父親不但是企業家，還是人生哲學家。」父親的健談、好奇心以及人生歷練，深深吸引了素昧平生、自信高傲的法國菁英，他們不敢相信他沒有受過高等教育，因此對他更覺尊敬。

父親只有中學學歷，但是閱歷豐富，白手起家，創辦高砂紡織，生產燈芯絨、牛仔布。一九七〇年代，父親的公司發展牛仔布市場，也代理 Wrangler 等國外品牌與自創 IBS 牛仔褲品牌。父親去過世界各國，熱愛交友（不是交際），機智風趣，喜歡喝酒、唱歌、甚至吟詩、賞花，這些都是我童年鮮明的記憶。

他比較廣為人知的創舉是一九八二年，把台北汀州路紡織工廠遷到桃園，隔年在原址開了全台第一家大型複合式書店——金石堂。當時，書店裡就規劃了一家咖啡廳，也供應簡餐，在那個年代也算是書店結合咖啡廳的首創。金石堂咖啡廳曾經是出版界和文人作家聊天、談事、寫作的基地，可惜當時我已出國，所以沒能真正恭逢其盛。經營一段時間後，由於種種原因，咖啡廳停止營業。三年前，我回國後，哥哥希望重新整理，注入一些法國人文氣息，於是幫忙規劃與經營現代生活風格的餐廳，才有了今天的瑪德蓮書店咖啡。

在法國，評斷一個人不是只以財富或社經地位，還有一個很重要標準是文化素養。他們在社交場合裡常使用「interesting」來形容人，代表他們欣賞對方的內涵和個人特質。這並不一定與學歷有關，如同父親能在一群語言不通的法國菁英中受到禮遇，正是因為他有豐富的人生歷練，以及他懂得人情世故卻仍保有誠懇的心。

他沒有讀很多書，但一生的起伏卻給了他許多智慧，一頓飯吃下來法國人覺得有趣極了。

記得旅美華裔建築師貝聿銘在自傳中曾提到，他在爭取羅浮宮金字塔提案的數年中，來往紐約與巴黎，在無數次和當時文化部長及密特朗總統的餐敘裡，話題天南地北從飲食、美酒到文學、藝術，他都能一一應付。當然，拿到案子並不是因為這個原因，但是他的人文素養受到主事者肯定，絕對是提案成功的一大助力。

旅法多年，我深深體會到文化在這個國家的地位。在這裡，文化不是一個高高在上的殿堂，它是無孔不入的滲透到日常生活的小細節中，食衣住行中處處都充滿了文化的果實。

因為自在，所以更有魅力

如果妳想找到身為女人的魅力，那麼，就往巴黎街頭找吧！

在巴黎，除了工作上的閱歷讓我成長許多，我也在這裡找到自己的風格！

在這個全世界最浪漫的國度，走在巴黎街頭，收到讚美妳美麗、漂亮的次數，多到像一杯又一杯能讓人上癮的Espresso。接二連三的口哨聲、佇足在身上的眼神、毫不保留的欣賞之詞，讓各種膚色、各種年齡、各種典型的女人都能得到應有的自信。

我並不漂亮，但走在街頭，或坐在餐館裡，常有男士回頭看我，久了我也開始覺得或許自己不是毫無優點。當妳有自信了，就會愈來愈能接受自己的外表，然後你的肢體語言也會跟著改變，你的談吐也更自在，然後你會找到專屬自己的獨特性。

雖然我完全不符合東方審美標準，但我整個人在法國的自由、隨興、強調個性中解脫，或許是因為各種人種雜處，他們的標準比較多元，也更有包容性吧。每天當我穿上高跟鞋，抹上正紅唇膏出門上班，都能感覺到前所未有的活力與新鮮感受，自信油然而生。其實直到今天，我仍然覺得自己一點也不漂亮，但我能自信的與自己和平相處。我會將外表打理整齊好看，但絕少花時間保養駐顏。

＊　＊　＊

一講起法國女人，大家似乎都會聯想到時尚、優雅、魅力，如果你偶爾看法國電影，也許會發現法國女星並沒有特別漂亮，比方主演〈達文西密碼〉的女主角奧黛莉朵杜（Audrey Tautou），或是〈玫瑰人生〉女主角瑪莉詠‧柯蒂亞（Marion Cotillard）都不是什麼絕世美女，相較於美國知名女明星和電視上的新聞主播，則個個都像完美無缺的芭比娃娃或標準的加州美女，由此可以看出即便在西方，審美觀也有一定的差距。美國女人有一種追求完美的瘋狂，六、七十歲的女藝人還拚命運動，希望保持二十歲的身材，嘗試許多嚴厲的減肥方法。

相對的，法國女人就比較自在。感覺在法國，每個女人好像都有權利覺得自己美！美，並不一定要皮膚白，臉上光滑無皺紋，有著大眼睛，或瘦得像名模一樣。

他們比較能包容各種不同的特質，而且看的其實是一個整體的和諧感，也就是每個人由內而外自然散發的風韻，那是臉蛋、打扮、肢體語言、聲音、談吐和態度的氣質總和。

法國女人對於年齡、缺陷比較可以坦然處之，她們吃美食、喝酒、抽菸，不拒絕甜食，不用代糖，也不特別勤於運動（不過她們走路多，不像美國人處處用車代步），這也許是因為社會給她們的壓力沒有那麼大吧。法國女性雜誌常常都有提倡「愈陳愈香」的文章，大部分法國男人也懂得欣賞「熟女」，他們知道有了年紀的女人也可以很美，他們會對上了年紀的女人感興趣，有慾望；他們認為，人生歷程中幸與不幸所累積出的智慧，是一種無法抵擋的魅力。

法國女人就算只是出門遛狗，或是下樓買杯咖啡、報紙，她們多少都會打扮，一早起床，就會換好可以出門的衣服與上點妝。為人母後，還是自律要求自己不要披頭散髮，每日花時間打點自己的儀表，「黃臉婆」也不是沒有，但究竟不是太多。

有一年冬天，我在街上看到一位年約七十歲的法國奶奶，她穿著灰色毛衣、灰色傘狀長裙與黑色靴子，搭配一條橘色大圍巾，牽著一隻小狗，白髮上戴著一頂呢帽，身上散發難以言喻的風韻。當她走過，一群坐在路邊的男性（裡頭還有遊民），居然一起對她吹口哨，稱讚她：「Madame，妳好美啊！」

那位老奶奶轉過頭很大方對著他們說謝謝。在她的臉上，歲月留下的皺紋沒有比別人少，她穿的更不是名牌，她只是很享受把自己打扮得漂漂亮亮，然後把自己的愉悅和自在分享給別人。

這位老太太給陰冷的巴黎冬天帶來一片陽光，現在想起來，我仍然覺得那畫面真是動人。這就是巴黎，一個能夠讓人活出自信的所在。即使你已年過七十，雞皮鶴髮，你還是可以，也應該得到應有的讚美。你也不必穿得如一般人所認為七十歲的人應有的打扮。無庸置疑的，法國女人絕對是這世界上最有自信、最知道自己想要什麼的一群女人。

* * *

我觀察，那其實是一種自在的態度。以穿著為例，她們很有主見，認為自己是駕馭衣服的主人，不是行動的衣架子；她們不會照單全收每季的時尚雜誌，也不會

我愛去的咖啡館之一。上了年紀的老闆誠懇實在，女服務生穿著簡單T恤，髮絲自然落下，輕鬆、熱情、自信，標準的法國女孩。

穿上整套名牌套裝（因為那代表沒有獨到的想法，怎麼可以跟別人穿得一樣！），就像可可．香奈兒的經典名詞：「流行是會消失的，但我不會。」

更精確的來說，每個人就是要跟別人不一樣。這與法國人從小擁有高度的自主性有關。父母會尊重小孩的「穿搭權」，即便不好看，還是會讓他們自己決定。如果孩子想穿一件洋裝，下面再加一件長褲，那就穿吧！頭上再加頂滑雪帽也無妨。相較於大多數亞洲人較為遵奉名牌，法國女人一方面礙於經濟條件，認為花幾千歐元買一個包包，不如拿去旅行；另一方面，她們早已習慣不用名牌也可以把自己打點得賞心悅目的價值觀了。從各個角度看，法國人絕對是掌握主權的奉行者。

她們因為個人主義，所以講求獨特風格；因為自由，所以允許較多的獨立發展空間；又因為傲慢，所以喜歡費盡心思打扮出看似不費心思的隨興。嚴格說來，這是法國人的基本特質，不是標新立異，而是表達自我。她們用自信，一肩扛起個人品味。她們駕馭時尚，而不是讓時尚駕馭她們。

很多人把自己交給名牌打點，也有人中規中矩的照著時裝雜誌的指示穿戴，但是最終這些衣飾能否帶給你附加價值呢？不見得！最好的情況是，你也許像模特兒，但通常你只是個名牌展示架。

有自信的人可以讓衣服來表達自我，沒有自信的人，即使一身名牌也仍然「衣服是衣服，你是你」。前者贏得的讚美是：「你今天好漂亮！」後者則是：「你這件衣服好漂亮！」

那種看似不經意、不著痕跡的裝扮本事，真的是法國女人最擅長的一點。她們不喜歡太工整，會刻意弄亂頭髮，製造隨興感。其實，把自己打扮得好像很不拘小節的隨意與灑脫，背後可能是花了許多心思「刻意」營造出來的。

舉例來說，同樣是紮髮，法國女人不會像日韓系有蝴蝶結、大髮圈那種明顯的髮飾，即便紮個馬尾，她們會讓頭髮顯得蓬鬆些，髮飾也很簡單，甚至看不見，甚至就地取材，比如正在咖啡館裡閱讀一本書，隨手拿起一枝筆盤髮，幾縷髮絲自然落下，展現不經意的女性魅力。

她們看起來隨意，其實重視每個小細節（這正是法國文化中，我所認為的「浪漫中的嚴謹」）。很多東西看似隨興，其實是花了很多心思和時間一再調整的。一件裙子的長度，一雙鞋子的高度，扣子開到第幾顆，都是影響最終整體協調感的環節。她們總會在流行的事物中加上自己的元素，不論色彩或樣式。法國人偏好簡單，對設計的要求不在於繁雜重複的細節，一件衣服很少會有多重的設計重點，身上的顏色也不會超過三種。她們會著力於一點，其他的就憑自己的美感和想像力去搭配變化。

黑色是很多法國女人最愛的顏色，也是衣櫃裡的基本款，可以隨興，又能正式。一件合身的黑色小洋裝，搭配上首飾、高跟鞋，就能赴宴。尤其是巴黎的冬天街頭，法國女人最喜歡穿著一身黑，搭配上一、兩件亮眼的飾品或是圍巾，圍巾絕對是法國女人的必備單品之一。基本上，她們很常選擇黑、灰、白的基本色系來發揮自我風格。簡單，其實是品味的最高級表現。一件簡單的衣服有時也不一定得靠配件襯托，有時只看穿的人的態度或風情，就能展現出獨特的個性。

外在是由內在延伸而來的。一個人的思想從道德角度來看，會影響了你的處世為人，以審美觀的角度來看則影響了舉止儀態。一個自信樂觀的人所散發出的光彩，不但吸引人，而且會傳染給周遭的人。奢華不過是錢的問題，優雅則事關教養。有一顆優雅的心，自然會有優雅的外貌。相由心生，中國人說的一點也不錯。同樣的，年齡也不在數字，而是在我們的心中。如果你有自信、開明、自由的心胸，外型自然不會被許多無形的框架所捆綁住。

* * *

我母親也受到法國女人的啟發，五十多歲之後，她終於敢穿上紅色衣服。

母親到巴黎來找我時，最喜歡我帶她去露天咖啡廳喝咖啡，同時欣賞街上優雅的法國女人。有一天，她看到一位六、七十歲法國老太太，穿著一件紅衣服，配上珍珠項鍊，襯著滿頭銀髮，她覺得好看極了！因為這打破她認為「人老了不適合紅吱吱」的傳統觀念。從那次之後，她就很喜歡紅色的衣服，現在她九十高齡了，也是滿頭銀髮，我特別愛看她穿紅色系的衣服，精神奕奕，又賞心悅目！

自信不是自傲，而是真實的面對自己，接受自己與別人不同，相信自己不需名牌的加持，也能有特色。要相信，重要的是你，而不是你身上或手中的名牌。

海明威說：「如果你夠幸運，在年輕時待過巴黎，那麼巴黎將永遠跟著你，因為巴黎是一席流動的饗宴。」我很幸運，在這席流動的饗宴找到自信，這是法國給我的自信宣言，也是我在時尚之都穿上的最經典名牌。

學會接受不完美

我在法國求學、工作、結婚、生子、離婚，經歷不同階段的人生，體悟到不完美是世事常態，也學會認同、接受不完美，脫胎換骨奉行道地的法國生活哲學，以及了解法國人對人生的思維。

法國的男人與女人們欣賞不完美的美妙，並接受不完美的美，不論是臉蛋、身材，或是人生皆是。他們覺得「零瑕疵」很容易成為無聊的代名詞，也不是真實的人生。因為能夠包容不完美，法國人認為，真正的人生就是要好好「活過」，探索未知、嘗試起伏和失敗。

我的女兒Emma曾畫過兩張對照圖，比較台灣人與法國人思維的差異（如左圖）。兩張圖有著相同的出發點與終點，一張是最短的直線距離，另一張是繁雜的曲線，像極了被貓咪弄亂的毛線團。她說：「台灣人會選擇直線，法國人可能會選擇曲線，甚至不走到規定的終點，而在曲線內另尋一點。」

Emma的形容很精準，她的思考是典型的法國價值觀。法國人認為，如果走已

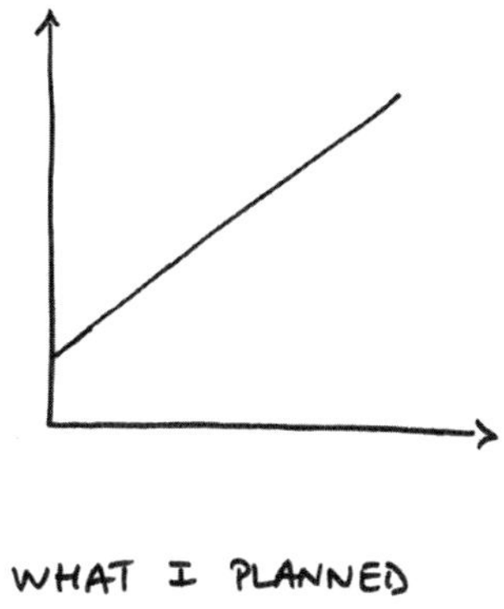

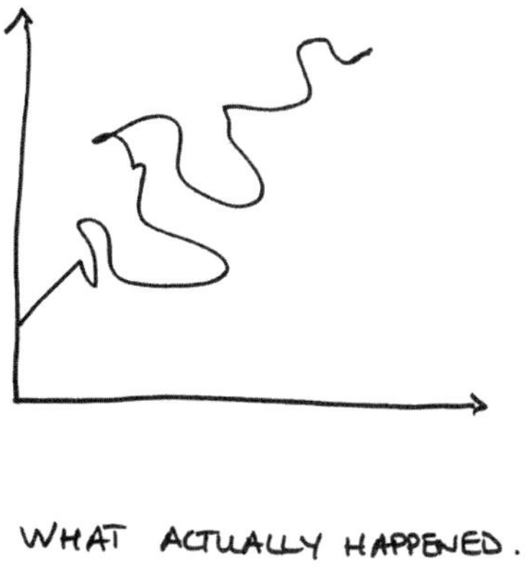

知或是清楚的直線，未免太無趣，也失去了探索各種可能，好好「活過」生命的機會。對他們而言，事業成功不代表人生的成功，名校證書、高高在上的頭銜不能論斷一個人的價值，個人的私生活、興趣都應該涵蓋在人生藍圖裡，這才是生命的體會，因此，失敗、懊悔、惋惜……都不是挫折，而是人生的養分。

* * *

我猜，做自己應該是我此生的課題吧！

如果我沒有出國，更嚴格的說，如果我沒有選擇去法國，更沒有嫁給法國人又離婚，我肯定無法從不完美的人生裡學會做自己，也不會理解自由的真諦。

大學畢業到了法國，像掙脫籠子的鳥兒，我開始探索另一個世界，了解另一種文化和蘊藏其後的價值觀，也因此改變了我的人生哲學。

三十五歲結婚，五十五歲離婚，我則體悟到何謂心靈的自由。

我的前半段婚姻生活是快樂的，但到了後期，中法家庭文化的差異、個性喜好的差異、世代的差異（前夫大我十六歲）、人生階段的差異……，一個個堆疊起來，彼此的歧異愈來愈大，我們變得不開心，爭吵不斷，覺得被束縛、無法喘息、互相傷害。當生命變得痛苦不堪，連偶爾歡樂的片刻也沒有的時候，那就是該放下了。

離婚這件事，我是等到辦好所有手續，安頓好自己和女兒，才跟家人說的。因為法國把我徹底轉變為獨立，對自己人生負責的女人，況且讓遠在千里之外的家人擔心，是我無法忍受的事。不過當哥哥在電話另一端問我：「你還好嗎？需要什麼幫助嗎？經濟上還好嗎？」我還是哽咽了。

我相信，每個人都有過去的創傷，我在失敗的婚姻裡看見，言語是一個傷人的可怕武器，它就像拍賣場上的競價，力道不斷往上累計。

異國婚姻本來就要有接受不同文化思維的心理準備。我有位朋友，她跟法國老公是用英文吵架，由於都不是雙方的母語，詞藻有限，吵到最後，腦海裡找不到詞句可講，只好改用中文，「殺傷力降低很多，因為老公聽不懂，兩人吵不下去。」

我反省自己的婚姻，我的個性並不柔順，前夫是主觀與控制慾較強的人，我嘗試進入以他為主的價值觀與行為模式裡，包含打扮都遵循他的審美觀，尤其是剛結婚時。另一方面，台灣與法國的家族文化差異，日積月累下來，也讓前夫心裡有某種程度的不適應。最終，我因違反本性，心中累積許多委屈、無奈和折磨，自覺精神受苦，開始反擊，爆發口角衝突。剛好我的法文還不錯，爭吵時不會輸給法國人，互不相讓的結果，即是兩敗俱傷。

如果我不是身在法國，而是在台灣，以跟我同一個年代的女人來說，多半是忍耐過完一生，但是在法國，我得以擁有不受外界議論的選擇自由。離婚需要勇氣，更需要智慧。

離婚後，我更感受到精神上的自由。不用再忍受雙方價值觀差異的拉扯，不需總是在取捨間掙扎，不用為了迎合對方而抹滅自己，也不用因為對方迎合自己而覺得虧欠，企圖彌補。這是一種解脫，也是搭上下班車的契機。

當然，這些都不是沒有代價的。我知道必須面對一個人的生活和未來，所有問題都沒有第二個肩膀來分擔，所有事情與決定只能唯自己是問，不能怪任何人。

人生本來就是不完美的，對於婚姻的「失敗」，我坦然待之。我不喜歡講原諒或對錯，關係是兩人互動後的結果，雙方都有責任，過去就是過去，我也完全放下傷害。人的個性決定選擇的路，間接影響自己的命運，所以不要往回看，我們唯一能做的就是對自己負責，一站、一站的走過，學會接受不完美的人生，懂得珍惜和努力生活，真真實實的走過每一個階段。

對許多人而言，我的一生絕對是不成功的。在法國，我的櫥櫃裡沒有一大堆名牌，也沒有結交名流貴人，過的就是一般法國中產家庭的生活，沒有傭人，大部分時間事必躬親。我也沒有成為台灣世俗定義的「好命」女人。我離了婚，孩子也沒有特別出色，但是我想最終的結果並不是最重要的，重要的是經歷的過程。如果我沒有經歷離婚時的一些折磨，就永遠無法發現原來我身邊有這麼知心誠摯的友誼，他們給我的溫暖，即使相隔幾萬哩，仍永遠在我心中，跟隨我一輩子。

我確信生命中所發生的每件事都可以讓我們學習到什麼，所有經歷過的，不管是快樂或痛苦，都會留下痕跡，產生回響。

成為追求「活過」的靈魂

基本上，法國人是一群追求「活過」的靈魂。

何謂「活過」？

或許就如法文「vivre」與「vécu」兩個動詞的差異吧！「vécu」是「vivre」（活）這個動詞單字的過去式變化。法國人認為，不管是有形的物品，或是無形的人生都要有「活過的痕跡」，才算得上有生命力。

他們不會隨便使用「美」這個形容詞，人事物皆然。比如有人形容路上的某位年輕女人很美，他會被朋友糾正那是漂亮。在法文裡，美的層次高過漂亮許多，美是活過的、有經歷的、優雅的、智慧的；美不能只限於視覺上，而是要能讓人有所感動，或觸動人心弦的。

這也是法國人特別喜歡老屋的原因。老屋是充滿生命回憶的有機體，法國各領域的名人不會選擇住在全新公寓裡，一般法國人購屋首選也是有年代的房子，房地產市場自然也以老建築為主。

大家都形容法國的美學教育得天獨厚，他們從小眼睛看到的就是數百年的建築藝術，城市很像美不勝收的油畫，看似一致卻又有層次。一條街、一盞燈、一棵樹、一個街口轉角，各有各的位置，一眼望去又像是精心構思過的一幅畫。這種無所不在的視覺美感讓法國人自小就有美學素養，也是造就如今法國成為時尚產業王國的原因之一。但其實，背後是許多基礎的層層積累。

法國人對於古蹟、古董的熱愛是全世界數一數二，這些歷經幾百年文化洗禮的事物，被現代法國人小心呵護著。另一方面，這也反應出他們的人生價值觀——歲月的刻痕是珍貴無比的。所以，法國女人也較少整型，她們較能接受自然（當然也因為整型價值不菲），認為皺紋是擋不住的，腦袋裡的智慧才是最佳的美容品。皺紋的確很惱人，但如果你擁有其他東西，它就變得無足輕重，可以接受了。

在法國，不管男人、女人都能欣賞老，愈老愈有自信，他們看的是一個人的儀態、氣質與談吐，不像亞洲社會中，大部分人總想死命抓住青春不老的容顏，我想這也是法國女人即使到了七、八十歲，雖然滿臉皺紋卻仍塗脂抹粉、坦然處之的原因吧。

法國的美學教育無所不在，連蔬菜攤也可以這麼有趣又賞心悅目。

* * *

要怎麼才能像法國人一樣擁有活過的靈魂？

活過，就是好好的活著，珍惜與創造自己想要的生活。

喜歡看法國片的人應該會發現，很多題材大都是圍繞著人生所要面對的問題，經由平時生活細節來探討許多必經、無奈的過程，因為看似平靜的表象，常隱藏著許多外人不可知的引爆點。法國人雖然浪漫，但骨子裡是務實的，他們認為，即使在最圓滿的情況下，必定有不完美的缺口；相對的，在最壞的情況下，也不一定會毫無所獲。

我不能否認，離婚後，我更懂得「vécu」（活過）的意義了。

恢復單身的生活，我先在巴黎找到一間大小適合我們母女的公寓，夠寬敞但不豪華，作為人生重新出發的起點，也因此第一次依著自己的品味裝修「空間」。

我突然明白了，生活空間與心靈空間的連結關係。前夫是很傳統的法國人，超級偏愛古董家具，家裡的房間全以古董家具為主要風格。離婚後，我發現自己原來不那麼偏愛古董家具。對應到自己的人生價值觀，是我認為沒有什麼是永恆不變，也沒有什麼非要緊抓不放，自然就不會想要百年家具。我還是欣賞美的古董家具，但一、兩件就好，並不希望它占滿所有空間，更不喜歡每件家具都代表著它在古董市場上的價值，也不喜歡投資保值的想法。對我來說，每個物件，尤其是藝術品，最大的價值應是在原創者和欣賞者的心靈互通。

於是，我走向混搭風格，這很符合我這位在法國生活的異國人。對我來說，IKEA也能與古董同處一個屋簷下，雖然預算有限，但還是能創作出自己的風格。我打通客廳與廚房的隔間，做了開放式廚房（前夫很不喜歡），採用黑白兩色的磁磚，吧台是純黑，偌大的客廳裡，放了我的大鋼琴與整牆的書櫃，浴室也是全黑。

從另一個角度來看，黑色對當時的我，代表一種想要沉澱的心情。開放式的廚房，也多少象徵著我接下來的生活方式。

離婚後的第一年是最難過的，要適應新生活，要解決許多繁雜的瑣事，很多事只能靠自己，除了好朋友，Emma也是陪伴我的力量。Emma選擇跟我住，我們很享受兩人的生活，能夠一整天各自在自己的房間做事，也可以一起在廚房作菜，或是出門看電影。

不過，自由伴隨而來許多責任，像是什麼事都要自己做（包含修東西），累了也沒有肩膀可以依靠，大小事得自己決定，做錯了自己要承擔……等，這就是自由的代價。

*　*　*

後來，姪女介紹我認識她一位上班多年，想到巴黎進修的朋友Linda。Linda跟著姪女叫我四姑姑，她個性細膩體貼，喜歡結交朋友又熱心，在巴黎待了三年，帶了很多留學生與朋友來我家，這些人一個帶一個，我家漸漸變成留學生的聚會地點，所有人都叫我四姑姑（大部分人應該都不知道我姓周，說不定還有人以為我姓四），也不知是誰幫來我家的這群人取了個團名，叫「巴黎幫」。

由於留學生幾乎都是租屋，地方很小，因而「巴黎幫」中只要有人想聚會，就會來我家。聚會的理由不愁，任何節日、週末、大家的生日，餞行慶功，平均一、兩星期就有一次聚會。

這時，我設計的開放式廚房與大客廳就派上用場了！我家也成了巴黎留學生的廚房。

年輕人自己會去聯絡，每人會帶些食物，我也會準備幾道拿手料理。留學生裡，有人念表演，有人念音樂、有的搞藝文創作，晚餐開始前，大家會天南地北的聊音樂、藝術、人生、感情……，常有人聊到興起，現場就來段表演。

到了冬天，「巴黎幫」更喜歡窩在我們家，升起壁爐的火，大家圍著聊天，遇到像聖誕節這種大節日幾乎都是二十四小時的跨夜派對，從前天下午的三、四點就開始，直到隔天下午三、四點。累了，大家就在我家打地舖，每次客廳總是睡滿了人。

那段跟年輕人接觸的時間，真的很開心，也好像找回自己的青春！雖然我一直持續在教書，也有同齡相仿的好朋友，但「巴黎幫」這群年輕人讓我接觸到不同領域的人，交流其他領域的知識，我也把自己的經驗分享給他們，尤其每當有人遇到感情問題，就愛來找我聊心事。他們帶給我很多歡笑和溫暖，幫助我加速走出離婚後的種種問題，讓我家時時充滿快樂和活力。我原本只有一個女兒，頓時之間多了十來個小孩，雖然我們之間更像朋友。

我甚至也跟著他們當起半個背包客，一起去布拉格、伊斯坦堡，留下我人生中美好的回憶，相聚時談起心中還是十分溫暖，戀戀不捨。

即便我人在台灣，陸續回台發展的「巴黎幫」成員也是三不五時來我的店裡聚會。人與人之間的緣分真的很奇妙，我們在巴黎相識，回到故鄉一樣不斷線，而且像滾雪球一樣不斷擴張、變大！每回聽到人說我看起來不像六十多歲，我就會建議對方多跟年輕人交朋友：「因為年輕人是中老年人最好的防腐劑。」

很少有人能夠真正擁有圓滿的人生，最多只是快樂時刻的多寡。幸福是一個太大的目標，它是一連串快樂時光的累積，也不會長長久久，更重要的是，幸福要由自己定義，因為每個人的價值觀不同，想追求的幸福也不一樣。我在法國留下了自己「活過」的痕跡，也活出屬於自己的幸福與自由感。

上：「巴黎幫」在我家的聚會。至今仍令我想念的家，歡笑聲似乎仍在耳邊。
下：與「巴黎幫」的緣分在台灣仍不斷線，我們在瑪德蓮書店咖啡一起過聖誕節。

Part 2

台灣媽媽、法國女兒

我與女兒之間，像是悠遊於中法文化之間的台灣媽媽與法國女兒，我也在這兩個不同文化裡交集、衝撞出不同的教養觀。感性與理性思維交織而成的法國社會，認為只有一味的經濟發展，並不能提升國家和人類文明的進步，在教養上，充滿了「浪漫中的嚴謹」。

Départ Paris - Arrivée Taipei!

浪漫中的嚴謹

Emma，是我的女兒，也是我唯一的小孩。

我三十五歲時，與大我十六歲的法國工程師結婚，三十九歲懷了Emma。提早一個月報到的她，長大後戲稱因為在媽媽的肚子裡吃不飽，要趕快出來覓食，得知自己是中午時刻出生，哈哈大笑說：「我是趕來吃中飯的！」（她到現在仍很愛吃，也喜歡自己烹煮。）

這就是我的女兒會說的話，很標準的法式幽默。法國人很喜歡用一種近乎輕佻、譏諷的方式來評論事情，看似犀利、冷漠，甚至傲慢，其實箇中常有幾分看破人性世事的無奈和睿智。

人們愛說，女兒是爸爸上輩子的情人，我常在想那女兒是媽媽的什麼？

每位母親心中的定義不同，但在我與Emma之間，像是悠遊於中法文化之間的台灣媽媽與法國女兒，於我，她是我這輩子的鏡子，通徹、透亮地反映出二十五年來，我經歷了女人到母親、Emma由女孩成長為小女人的轉變。我跟女兒的關係如何定位，很可能來自這兩個不同文化的交集和衝撞。

其實，在養育子女的過程中，父母和孩子都隨時在學習，雖說長輩的責任是帶領晚輩走上正確的路，但小孩更常常是父母人生路上的學習導師。

我與Emma，我們各自包容對方、珍惜老天給的緣分，沒有占有，不求天長地久，在一起的時候各自做自己的事，也會一起玩、一起喝酒；我們會吵架、也會冷戰，分處異地也不會天天聯絡，偶爾想起來，就打個電話聊聊，母女好像有默契似的，儘量不要互相牽絆。我們希望自己是對方的禮物，而不是包袱。

二十幾年的母女關係，我很少覺得自己是個犧牲付出很多的偉大母親（每每聽到那些歌誦母親偉大的頌辭，我都覺得當之有愧），也幾乎沒有希望孩子要感恩、圖報的念頭。她從來就不是我的麻煩，我也希望老了的時候儘量不要成為她的麻煩。我們的相處是平淡、自由的。我總認為給對方自由，就是給自己自由，我從未想過掌控女兒，不管是她的行動或是思想，更別說她的命運。她的路究竟還是得她自己來走，任何人都無法替她過人生，我只跟她說：「你自己選擇，選了就要負責的面對，勇敢的走下去，不要後悔。」將來她選擇住哪，我都不會反對，因為生她不是為了要把她綁在身邊，她不和我住在一起，也不代表她心中無我。我自認給了她一些可以作為人生準則的價值觀，但是好像從沒有特別教她要孝順，這可能是她沒有接收到的東方文化吧！其實每個人心中都有一套不同的標準，只要心中有愛、有關心，而且是雙向的，那才是最重要的。

＊　＊　＊

我因為是高齡產婦，從結婚到生子盼了五年之久，才有了女兒，一得知有身孕，便決定要辭職，專心陪伴這個得來不易的孩子。

全職媽媽的身分讓我有機會深入法國教育系統，跟Emma學校的法國媽媽們成為朋友。在她上小學後，因緣巧合讓我進入教育機構教授中文，成為法國人的老師，學生從兒童到成人都有，因而也有機會深入觀察法國人在教養和教育方面的想法。

法國人生性浪漫，其實我覺得他們骨子裡是嚴謹的，這種「浪漫中的嚴謹」，讓法國出了很多「盛產」。

以農起家的法國最常被提起的盛產是葡萄酒、松露、起司與法式料理，但這個農業大國也盛產出世界時尚之都的巴黎、全球影展重鎮的坎城、自行車最大盛事的環法自由車賽，以及如雨果、普魯斯特、德布西……等許多聞名世界的文學、科學、藝術、音樂與哲學家。

你我從小都聽過的《灰姑娘》、《小紅帽》是法國作家查理・佩羅所寫；最常被改編演出的《悲慘世界》是雨果大作；《茶花女》是小仲馬的經典作品；如雷貫耳的「我思故我在」正是法國數學家和哲學家笛卡兒的名言；沒有法國盧米埃兄弟檔發明了電影與放映機，想想我們的生活會少了多少樂趣？

法國哲學家絕非只是深奧理論的思想家，他們會撰寫大眾文章、反諷短詩，其中最出名的佼佼者是伏爾泰為筆名、啟蒙言論自由的佛朗索瓦・阿魯埃（François Marie Arouet），這也不難理解為何會是由法國大革命點燃人類史上自由平等的火種。

感性與理性思維交織而成的法國社會，在教養上也有一套「浪漫中的嚴謹」。法國人認為，社會電梯的運作最重要的，是要讓那些沒辦法接觸到文化的人，也能夠有享受文化果實的機會。文化是他們評斷公平社會的標準之一，若文化只有貴族、精英階層享有，代表社會的升降梯失靈了！法國人認為，一味追求經濟發展並不能提升國家和人類文明的進步。

因而，他們會教導孩子享受美食，同時鼓勵他們喜愛究底的科學。法國能製造飛機、核能、尖端武器、電訊設備，但是他們也不會忽略讓孩子欣賞經典音樂。每個孩子從小到大都必須閱讀文學作品，學校裡的美術、音樂課也從不會被挪用取代。學校教育重視思辨哲學的學習，最出名的是《哲學童話》這本書，特別強調無知的可憐和可怕，是法國啟蒙時期的重要作品，是法國高一學生必讀的書。

記得女兒從小學到中學，每學期學校都會安排文化活動，帶他們去參觀奧賽美術館、看莫里哀的劇，也去參觀小村莊，聽老人講小鎮的歷史文物，每年規定要讀完好幾本指定的書。

整體而言，他們重視通識教育與多元化領域，在學習過程中，除了基本知識的傳授，在人本、文化、生活、美學各方面也儘量顧全。我不敢說他們成功的達到目標，法國人的水準畢竟也是參差不齊，而教育終究大部分要靠父母本身的努力。教養實則是一條把父母、小孩、家庭、社會串連起的鏈子，但是法國教育體制的確做得比我們多一些。

* * *

小仲馬有句跟教育相關的諷刺名言：「為什麼小孩這麼聰明，大部分的成人卻都這麼笨，這都是因為教育的關係！」

這其實充分說明了並不是每一個法國父母都把小孩教得很好，法國教育制度還是有很多盲點，社會框架也有其僵硬的地方，但一般而言，法國人在教育上，比較重視孩子的健全人格與平衡發展，把孩子視作獨立個體。

法律上所謂的成年是十八歲，這是紙上的規定，但如果你可以持有駕照，可以合法喝酒、可以投票（台灣是二十歲），那相對地也代表責任的開始。近來常看到台灣的社會新聞裡，已成年的孩子做錯事，父母代為出來向社會道歉，雖說養不教父之過，但是責任應先從放手開始，長大就應該負責，不是嗎？

根據我多年來觀察，法國或者說歐洲年輕人，一般比亞洲年輕人成熟得早，因為獨立是他們教育中很重要的一環，精神上的獨立使他們較早延伸到行為上的獨立。法國年輕人一上大學，最遲二十來歲，只要經濟能力許可就想出外獨立，即使父母親環境不錯也不會反對。因為在他們的思維裡，沒有養兒防老的觀念。他們給孩子自由，孩子沒有被束縛的壓力，孝順父母是心甘情願的，而不是義務；對父母的愛是發自內心，而不是傳統教條下的包袱。

孩子不是父母的獎牌，不用像父母，也不一定要跟父母做一樣的事；他們可以比父母棒，也有權利不比上一代優秀，更有權利不比其他的孩子傑出，每一個孩子都是獨一無二的。

在法國人的價值觀裡，會將有限的一生平均分配給工作、家人與自己，就如小仲馬的父親，也是法國作家大仲馬所言：「盡情享受生命的快樂吧！」對法國人而言，成功人生不僅限於事業、金錢上的出人頭地，在私人領域裡，包括感情、親情、家庭、朋友各方面，如果有缺憾的話也算不得是成功圓滿的人生。

法國式人生的幸福不是在告訴孩子世界有多完美，人一生下來就有多幸福，他們更趨向探討不完美、苦難等人性層面議題，從映照出的不完美，感受生活，如何面對人生各種難題和糾結，然後從中領悟某些事或某些人存在的價值。重要的其實不是結果，而是活著的過程，也許在歷經苦難中因為一點點的溫暖，所得到的片刻幸福就是值得了。能活出生命意義，方能體悟何謂真正的幸福。

對法國人來說，能活出生命意義的人，必定是對生活有感受之人。

正因為尊重個人，法國在教養上自然也強調尊重孩子的本性與資質，讓他們有足夠的時間去尋找自己的方向，密特朗曾經說過：「給時間一點時間。」能夠自由選擇自己所愛，過得幸福快樂，就是一種最大的成功！

沒有不能輸的起跑點

教育孩子一定不能輸在起跑點嗎？

法國人會教養孩子諸多禮儀規範，另一方面，他們對孩子的潛力與可塑性卻給予較多的彈性。

如果你對法國父母說，孩子的教育不能輸在起跑點，愈早讓他們學音樂、繪畫、語文……等才藝愈好，法國人會很納悶：「為什麼一定要學什麼？」在他們價值觀裡，無所謂什麼起跑點，終點還比較重要，更何況每個人的終點不一定要一樣。尤其學習才藝、課外活動，是希望讓孩子能有更多的生活體驗，重點是過程中的「Have Fun」（好玩），不是為了某種目的而去學習，父母更不會拿來跟別家孩子比較。

我在法國聽過許多專家提到現代的孩子節目排得太滿，一個活動接著一個活動，有時連喘口氣的時間都沒有，他們認為小孩需要一些空閒的時間，用來胡思亂想，甚至發呆，這也是讓他們可以靜下來思考的必要過程。排滿課程，把他們腦袋灌滿一些「知識」，也是剝奪了他們創造或思考的機會。他們常說：「一個塞得滿滿的腦子，還不如一個好用（靈活）的腦子。」

有些兒童教育專家甚至非常反對擁有過多的現成玩具，有時一張紙、一枝筆、一根木頭或一塊布，比一大堆現成玩具更能讓孩子發揮想像能力，就如同圖畫與文字可能比現成玩具更富想像的空間和力量。

無論如何，學習才藝絕對不是為了得獎，更不是為了和同儕相比，我總覺得一個快樂的孩子比一個精通十八般武藝的孩子來得重要。

學習任何一項才藝應該是品味養成的過程，是父母給孩子的另一種精神財富。品味是不能速成的，它需要長期沉浸在那樣的環境，就像常言道「生意囝難生」，如果家裡沒有聽音樂的習慣，怎麼可能要求小孩愛聽呢？如果父母本身不看書，或是家裡藏書不夠多元，你怎麼教孩子喜歡閱讀？父母只能從生活中的點點滴滴，慢慢養成孩子在視覺、味覺、聽覺的藝術細胞，就像許許多多的小川最後匯成一條長長的文化河流。

* * *

當全職媽媽時，我會接送 Emma 上下學，一對母女二十多年前在校門口的對話至今念我難忘。

「媽媽！我今天考第一名耶！」女兒開心對母親說。母親卻比了要她小聲、「噓」的手勢。那位小女孩是女兒的好朋友，她很會念書，功課在班上名列前茅。「瑪麗，妳好棒！但這也沒有什麼好張揚的，我們回家再說好嗎？我們要顧及其他小朋友的心情哦！」小女孩聽了，點點頭，那位法國媽媽牽起女兒的手回家。

一段不經意的日常對話卻顯示出大部分法國人的教養觀——不需要在外頭大聲宣揚自己的勳章。記得有一本法文書讓我印象深刻，書名叫做《學校的哀傷》，作者是法國一位成名作家丹尼爾・貝納（Daniel Pennac）。他一生有一個無法癒合的創傷。從小，他就是全班最後一名，他的調皮搗蛋讓老師傷透腦筋，也讓父母十分憂心與羞愧。一直到高中時，他碰到一位耐心又有巧思的老師替他開啟了一條發現自己寶藏的路，最後他成為老師、知名作家，作品被翻譯成數國語言，並到四處演講。但是，這本書裡一開頭描述他近百歲的母親在看完電視報導成名的兒子後，轉身向作者的哥哥說：「你想，他還可以嗎？」這位媽媽即使在兒子功成名就時，仍無法對自己的孩子有信心，走不出永遠在擔心中的陰影！

這本書讓我更加理解兩件事，一是當孩子學習成效不好時，很可能是缺少了一個讓他「懂」的方法；二是當孩子書念得不如人家時，不管他自己或父母心裡是多麼的慌張和慚愧，如果周圍的人不斷地炫耀自己的孩子，那簡直等同於殘忍的落井下石。

所以，我一直覺得為人父母者都應該有這種基本的同理心，時時想到當你在炫耀你的獎盃時，無形中也許正在傷害別人。

大部分父母都是竭盡所能的培育子女，偏偏每個人的出生環境、資質、個性都不同，結果自然也不一樣。我常常覺得，條件優渥的人更應該對不如自己的人多一點同理心和鼓勵。在法國，這也是法國世襲多代貴族的特色。我曾經看過一個訪問法國老貴族的節目，其中一位滿頭銀髮的世襲貴族後代說，她從小就被教育要對人有禮貌，尤其是對下人或比他們階級要低的人更要特別客氣，如此才能符合所屬階級的泱泱氣度和內涵。他們舉止優雅，卻為人低調謙和（不管是否真誠），因為法國人認為，真正的貴族是展現於高尚品格，位階愈高，愈是有著與人（尤其是對待比自己卑微的人）為善的有禮。

位置愈高，愈要注意不自覺的優越感，小孩不懂得隱藏，大人更要特別費心時時提醒。對上位的人有禮很簡單，但是要對下位的人有禮就比較不容易了。地位愈高，語言、行為的規矩就愈多，語言是規範行為的根本。有了語言的規範才能有一顆優雅的心，這種發自內心的尊重會讓你有一種自然的優雅，而不是禮儀學校教出來的優雅。

佛家所說的眾生，其實和法國人口中的「人生而平等」是一樣的。一個人的出生也許決定了許多表相的成功，但不一定代表他個人的價值。

* * *

相較於台灣喜歡強調雙語教學、才藝的教學特色，法國幼稚園是從生活細節處教育孩子。女兒剛上幼稚園（不到三歲），我問她有沒有學到什麼有趣的事？她說老師教她們穿大衣。我立刻明白，法國冬天冷，又會下雪，孩子一定都是穿著禦寒大衣上學，家裡有父母可以幫忙，在學校，老師不可能幫全班同學穿大衣。

怎麼教呢？有次，我提早去接女兒放學，走進教室，看見地上攤著一排大衣，一個、一個的小朋友站在倒放的大衣前，彎下身，把兩手伸進袖子裡，然後把大衣從頭上翻轉過去，大衣就穿好了，根本無須大人幫忙。他們也教小孩繫鞋帶、自己上廁所、自己吃飯。愈早讓孩子懂得很多事情，不是最重要的。三年中，他們並沒有急著塞一些知識在孩子的腦袋，大部分時間就是教孩子獨立，如何將大腦和肢體結合運用，訓練孩子的耐心和專注力等。

十九世紀的愛爾蘭作家奧斯卡．王爾德曾這麼形容，對於英國，法國最大的優越感，就是每個法國的中產階級都想當藝術家，而每個英國藝術家則都想當中產階級。真實的二十一世紀情況也是，法國人熱愛文學、藝術、生活，一般法國中產階級家庭不會只是嚴格要求孩子的學業成績，他們也讓孩子保有足夠自由去探險。

Emma 小時學過騎馬、鋼琴、舞蹈、畫畫、童子軍，我們先後幫她報名不同種課程是因為想讓她有嘗試的機會，當她碰過了，覺得有興趣，再往下學。後來她選擇童子軍與騎馬課，尤其是童子軍，連回台學中文，也上陽明山去帶童子軍營隊。

她喜歡童子軍那種不求回報的付出精神。八歲到十五歲時，她幾乎每個週末都去童軍營，從舒適的家到克難野外，每天都背著背包走二十公里的路，吃飯、紮營、睡地上、用澆花水管洗冷水澡、撿樹枝、提水、升火、煮飯，都是就地取材，連茅坑都是自己挖。她跟我分享從童子軍學到該怎麼為別人想、被照顧與照顧別人，以及如何去融入一個團隊，為團隊的榮譽而努力的過程。當然這中間她也學會如何面對被小團體所排斥，如何在被喜歡或不喜歡中生存。

因為認為人生不一定要走直線，法國父母會給不同資質的孩子多一點時間與機會，從錯誤中找到自己。比方說留級，這在華人的世界裡是極大的恥辱，但在法國倒是常有。許多有遠見的父母在孩子初中升高中的關鍵時刻，常常寧願孩子重讀一年打好基礎，以便往後的路走得更好。同學間也不會以異樣的眼光看待留級的同學。我就親眼看見許多這樣的例子，最後這些孩子的成就並不亞於別人，甚至更傑出。

大部分的法國父母（有時候是不得已）會包容孩子多花一點時間，或多繞一點路，找到自己該走的方向。許多時候父母幫助孩子規劃好的路，孩子也會照著走，但是常常走到半路會發現那並不是自己要的路。

* * *

二〇一四年初，Emma 剛回到台灣學中文，有次不解地向我反應，為什麼台灣的長輩老愛問她在哪裡工作或是要找什麼工作？「難道只有工作可以問嗎？」她說。

我向她解釋這是中法文化的差異。華人關心孩子的安身立命，從孩子一生下來就開始規劃要去念什麼學校，研究趨勢，引導孩子去讀就業率較高的科系，幫忙安排實習、工作，就業後擔心孩子薪水不夠，甚至娶妻生子也都包辦。做父母是一輩子不退休的工作，西方人比較沒有這樣的包袱，生養孩子是因為自己愛一個人，想與對方有孩子；或者是因為擁有一個家庭是人生幸福藍圖裡的一部分，是一個過程。既是一個過程，就不是全部，更不是終身的奉獻和付出。

因此，我們沒有規劃她的職業方向，只是給她很多自我發展的空間，讓她自己去閱讀、聽音樂、騎馬、玩童子軍，說實話，這種教養觀若放在台灣社會的確缺乏現實的目的性，Emma 也沒成為所謂功成名就之人（至少到現在），但很確定的是，她有幸福的本能，能夠自給自足供給心靈能量。

不管人生遇到任何挑戰，會想辦法消化情緒，自我轉化，像是她隻身一人在英國求學、上海實習，以及成長階段面對父母離異、如何在兩方的拉扯下找到自己生存的空間，我知道她曾經很辛苦過，也必定受到傷害，但我總覺得她的幸福本能，對她而言這好像是一種無形的防彈衣。我不知道是好還是壞，也許這就是她人生必須面對的課題，她沒有辦法選擇父母，只能選擇用什麼方式去面對。

她常說出有如生活哲學家之語。我們曾討論過獨生子女很容易遇到的孤獨感受，她說：「我沒有需要一定有人陪我，但我也很喜歡跟別人在一起。我的世界裡有很多東西。」女兒的智慧常給我不少啟發。

最珍貴的育兒寶典

要談法式教養觀，一定要提Emma的小兒科醫師，他教會了我很多事。

三十五歲結婚後，為了能有個孩子，我嘗試過打針、吃藥等各種方法，做了很多努力，到了三十八歲高齡，肚皮仍不見消息。我心想，年近四十，也努力過了，乾脆放棄，沒想到放鬆後，三十九歲的我竟然懷孕了！盼了許久，如願在人生四十時有了女兒，可以想見我有多緊張。

不但是緊張，還緊張個半死！

懷胎六個月時，我的子宮因為不正常的收縮，猶太籍婦科醫師說我的肚皮太硬，嬰兒也不會太大，要我先轉診到產科醫師，結果七個月時，產科醫師就開出證明，要我停止上班，在家躺著安胎。不過，Emma還是提早一個月出生，才兩千三百克。

也因為她是早產兒，面對這個一手就能抱起的新生命，我既感恩老天賜予，卻更緊張一個不小心的萬一。陪伴著我走過新手媽媽焦慮的，正是Emma的法國小兒科醫師，他給我很多安心的教養建議。

他的太太也是小兒科醫師，兩人生了九個小孩，其中一個孩子在懷孕初期檢驗，發現染色體異常，就知道是唐氏症。夫妻還是決定生下來，除了因為是天主教徒之外，更重要的是他們認為，每個生命都有他來到世上的意義，也自有其生存的方式。

這對夫妻真的很特別，他們過著簡單的生活，每年兩人各開一台廂型車，載著孩子們和帳棚進行長途旅行，他們就曾帶著從五到十五歲的孩子們從巴黎遠赴撒哈拉沙漠探險。醫生的候診室裡，掛滿七、八個小孩身影在一望無際沙漠中的照片，讓人看了不禁讚嘆：「真的好酷啊！」看了這些照片後，任誰都會對他們所提的建議深信不疑。

第一次抱Emma去看這位法國小兒科醫師，他單手接過才剛滿兩星期的Emma，邊吹口哨，「啪」一聲把她放進磅秤籃子裡。我見狀，簡直嚇壞了，他對我笑了笑說：「別怕！小孩子沒妳想的那麼脆弱。」我想，這一句話是在幫我打預防針。

趁著他記錄重量，我趕緊請問令我苦惱的問題：「嬰兒一直在睡，都不吃東西，每次應該要喝一六〇cc的母奶，餵了一小時只吃了二〇cc，我很擔心，都急得哭了！」

「妳不要那麼擔心，嬰兒就像小動物，她自己有生存本能，不吃表示她不餓，餓了自然會吃，絕對不會讓自己餓死。」這句話點醒了我，從此我從未逼 Emma 吃東西。後來很多人都說，看 Emma 吃飯都會覺得她盤中的食物特別好吃，我猜，這可能源自於從小就沒有被逼著吃東西的緣故吧，所以吃東西對她而言從來都只是享受。

看著我憂心忡忡的臉，小兒科醫師反要我先照顧好自己，以及恢復跟先生的親密關係，「不要因為有了孩子，就完全以孩子為主，忽略夫妻親密的重要性，要找到平衡點。」他告訴我，日後在照顧小孩上，不要那麼無微不至，孩子自有生存能力，哭了也不必馬上抱她。其實他要傳達的就是：孩子不是人生的全部。一個女人除了小孩，還有先生、有自己，有想做的事，有自己的生活和興趣。

我還面臨奶水不足的困擾，畢竟大家普遍認知最好能餵母奶。

「不用聽信這些，如果母乳不足，就用配方奶，現在的配方奶做得跟人奶一樣好，不用太迷信母奶，不要讓自己這麼辛苦。」他希望我去享受為人母的喜悅，而不是自責、煩惱。他也教我一個配方：菠菜泥加入奶粉、熟蛋黃，三者混和一起，就變成健康又營養的嬰兒副食品，而且十分容易做。

* * *

孩子在成長過程中，難免會感冒、發燒，Emma 從小到大，在這位法國小兒科醫師的把關之下，吃抗生素的次數不會超過十次。孩子發燒的頭幾次，我著急地打給他，只要聽到攝氏三十九度以下，他就會說：「先給 Emma 吃阿斯匹靈、泡溫水澡，三天後若還沒好，再來看我。」他讓我明白，小孩子體溫會飆得比大人快，遇到發燒狀況，父母不用太著急，非緊急狀況他都說不用去找他，好像對賺錢一點也沒有興趣。

還有一次突發狀況，這位法國小兒科醫師的氣定神閒也讓我學到很多。當天，Emma 要當花童，卻發高燒至四十度，眼看中午婚宴在即，我如熱鍋上螞蟻，一方面煩惱新人臨時要上哪找替補花童，一方面又擔心女兒的身體狀況，馬上打給他。

「小孩現在精神好不好？」醫師問我。

「還不錯！」不知是否高興著要當花童，女兒即便發著高燒，看起來還是頗有精神。

「那就讓她去啊！」電話那頭傳來他依舊一派輕鬆的聲音。

「啊？她發燒到四十度耶！」我有點不可置信。

「我寧願一個孩子發燒四十度，精神還很好，也不要看到三十八度，精神不濟的孩子，去去去！好好的玩，別擔心！」好吧！我聽了醫師的話，讓Emma照原訂計畫出席，擔任幸福前導的小花童。結果那天晚上我們玩到凌晨兩點，四歲的Emma蹦蹦跳跳跟著大人在舞池裡玩得不亦樂乎，結果也沒去看醫生，過兩天就好了。

如果認識現在的Emma，任誰都看不出來她是早產兒，女兒既健康又開心的長大，這都要感謝那位輕鬆派的法國小兒科醫師。我常看到Emma一邊吹著口哨，一邊做事，就像當年那位法國小兒科醫師，不同的兩人，身影卻同樣的自在。

感謝那位醫生的睿智和豁達，也許因為除了私人診所外，他還兼任大醫院醫師，看過的嚴重病例太多了，所以對平常的高燒感冒非常淡定。其實，我對他的信任是建立在幾次真的情況較嚴重時，他的診斷確實準確又迅速，完全收起平時一派輕鬆的態度，X光、抗生素毫不猶豫的立馬開出來。最重要的是，他是一個非常有人性的醫生，不僅照顧小孩，也懂得讓母親安心，雖然身為男人，卻事事能同時以女人和母親的立場，給予富哲理的愛心安慰和建議。也許因為在大醫院看盡生老病死，他對人生反而特別豁達吧。

他總是告訴我們，嬰兒出生沒兩天，大家都可以抱，沒有人需要戴口罩；小孩可以在地上爬；未滿月就可以推出去散步，而且是每一天；在家裡，掉在地上的食物，撿起來，擦一擦，還是可以入嘴，只要家裡有固定打掃！父母實在不需要那麼擔心。

真的，Emma是十一月底出生，那年十二月巴黎冬天下大雪，我每天按照醫生指示，推著她出去散步，我的母親看得目瞪口呆，直嚷著不可思議。其實這在法國是很稀鬆平常的，無論在路上或超市，你經會看到年輕的媽媽懷裡抱著剛生出生的嬰兒上街、買菜呢。

很多時候，父母因關心出發的許多作為，從另一方面來看，已經剝奪了孩子的生存本能。許多華人父母尤其如此。現在有許多跟我當年一樣晚婚、晚生的「老父母」，我以過來人的經驗奉勸大家，真的、真的可以放輕鬆！

教養學也是一種語感學

我一直覺得，語言可以影響思想，Emma會英、法、德、中四種語言，這四種語言的語感與文法皆不同，但我發現她的腦袋彷彿有自動轉換的開關，我幾乎不曾聽過她用法語的文法來講中文，或是用英語的文法說法文。

我試著回想、分析女兒的成長過程，想找出她能夠自動轉換不同語言的關鍵。我想我可能做對了兩件事：一是我從不對她說小孩子的話，像是「洗香香」、「吃飯飯」、「肉肉」等疊字用語，我幾乎都用正常的詞句跟女兒說話，她的父親也是，所以她從小就習慣完整文法的架構；二是她上幼稚園前，我每天陪她玩，念許多圖畫書給她聽。

我天天讀，大字不識一個的小女娃聽著、聽著，竟然整句、整本的背起來了！應該是兩歲時，有次她陪我去看牙醫，坐在候診室，她自己打開圖畫書，竟然開始一頁一頁的說故事（其實是背故事），旁邊的太太看到了，還以為她是天才兒童，這麼小就能識字呢。

＊　＊　＊

在法國的家裡，我會儘量跟女兒講中文，她二十四歲前，每年都會回來台灣待上超過一個月，從小讓她感受另一個語言國度的人們，長得不一樣，講的話也不同。她自己還區分為爸爸的話（法文）、媽媽的話（中文）、阿嬤的話（台語）。

我娘家是大家族，Emma是混血兒，小時候還算可愛，大人特別愛逗她，獨生女的她一回到台北，就有表哥、表姐們當玩伴，為了能跟大家玩，她自然就會打開耳朵，在生活中學講中文。我想，她肯學中文是因為發現講中文是有用的，否則她不能跟別人玩。

兩歲那年，她回台度假時，我爸問她：「妳喜歡法國還是台灣？」

「我比較喜歡法國。」這小妮子回答的真直白，不懂得寄人籬下要拍拍馬屁。

「那你回來幹什麼？」她的阿公故意逗她。

「我回來看你們在搞什麼鬼啊？」我爸聽了哈哈大笑，逢人就說起這個有趣的故事。原來，在巴黎家中，有時她一人在房間玩，久久沒聲音，我以為她怎麼了，進房間問了她一句：「妳在搞什麼鬼啊？」她聽了就學起來了，還知道怎麼用，舉一反三。可見學習語言最好的方法就是情境教學法。

她從小也很會讚美人。有天她躺在床上，看著陪她玩的阿嬤說：「阿嬤，妳好漂亮啊！」童言童語逗得我媽開心極了！她也愛對著我二哥說他很帥，偶爾帶她去辦公室，女兒會自己坐到總機小姐旁邊，模仿總機說話的語氣：「XX公司你好！」有次，樓上空出一層辦公室要出租，我二哥帶著Emma上去看，跟對方講太久，Emma不耐煩忍不住催他：「好了！要下去上班了！」

Emma很早就會講話，語感又特別好，很能抓住造句的情境，經常產生妙語如珠的效果。只要她一回台，大家都搶著跟她說話，陪她玩，她又更喜歡回台北，良性循環下，她的中文聽說能力自然養成。

學語言要製造一個自然的環境，要讓小孩覺得學這個語言真的有用，而且馬上可以派上用場。另外，學習的過程也要有趣，孩子也能得到鼓勵，例如Emma的童言童語引來眾人的大笑，對她而言何嘗不是一種激勵。

至於她為何不會弄混四國語言的邏輯與文法？我認為，這與她都是聽到的都是完整句子有關。我們從來不會講法文時，還摻雜中文、英文或德語的用詞，講其他語言時也是如此。

女兒上小學後，我到法國學校教授中文，學生從五歲到二十歲都有，我媽來法國度假時，我特別請她擔任客座講師，開了一堂書法課，大受法國學生歡迎。我觀察學生們的學習成效，母語好的人，外語學習成果也不會差。

Emma也是。她學習德文與英文都是從學校課程開始，我從女兒與那些法國學生身上體會到，想要精通兩種以上語言，要從學好自己的母語開始。當你把一個語言的架構學好以後，你也會用同樣的邏輯去學第二、第三種語言。就像運動一樣，一個習慣運動的人，基本上要學一種新的運動，一般而言都不會太難。學語言也是，腦筋習慣了一套學習語言的模式後，下次學新的就會不自覺的套用同一方式，愈來愈容易。

* * *

法文是一個構造嚴謹的語言，許多的教養也立基於語言上，進而影響到行為和思維，完全可對應到法國人的思想邏輯上。

舉例而言，法語的動詞就有條件式的變化，法國父母會運用有條件式的問句，讓小孩從語言中理解，當想要東西時，必須要徵求大人的同意。法文裡的「我要」與「我想要」，透過動詞的變化，讓孩子知道兩者不同。我要的法文是「Je veux」，我想要的法文是「Je Voudrais」，後者是有條件的動詞，表示不一定會被實現。

「媽媽，我要吃雞肉。」當法國孩子這麼說時，會被父母糾正為「媽媽，我想要吃雞肉。」或是「媽媽，我可以吃雞肉嗎？」法國父母非常重視動詞的使用，以及孩子詢問時是否使用有條件式的問句，讓孩子懂得天底下沒有理所當然的事，不是一有要求，就能被滿足。那只是一種願望，能不能得到不是孩子說了算。

另外，說話的語法用字也能教養孩子，從日常的對話形塑孩子的行為。法國父母常會提醒孩子說「Magic Word」（魔咒）

比方，當孩子要餅乾。

「你要說什麼？少了Magic Word」（就是指「請！」）

再來，父母會聽到孩子說出「謝謝媽媽（爸爸）！」的道謝語，才會把餅乾交給孩子。

由於法國餐桌的水與調味料是擺在桌子中間，需要什麼東西都要請人傳遞，法國父母每天都有機會訓練小孩說出「請、謝謝」的用語。語言能夠影響思想，當「請、謝謝」成為孩子的用語習慣，經過一段時日，語言就會不自覺的植入思想中，也自然影響他的外顯行為。凡事加一個「請」，心中真的會少了理所當然的念頭，這就是語言的力量和重要性。

在法文裡，一句簡單的問句就可以有三種說法，看你選用哪種說法，對方就可以約略知道你的背景和水準。

1. Que veux-Tu?（最正統、最優雅的倒裝句）
2. Qu'est-ce que tu veux?（普通、大眾化的說法）
3. Tu veux quoi?（完全沒有倒裝，只用語氣表達的問句，但也是現在許多年輕人甚至父母最常用的方式）

我比較常聽見現代的台灣父母跟孩子說「請、謝謝」，反而較少聽到孩子對父母說。

「請你幫媽媽拿個東西。」、「請你收好。」台灣的孩子幫忙後，父母多半會說謝謝（因為都知道身教很重要），但角色對換後，孩子就不一定會跟父母說謝謝。

或許是語法差異，法文習慣在要求對方幫忙的句子裡加上「s'il vous plaît」（請），類似英文「please」的用法。中文比較容易讓人忽略或忘記這點，此時就要父母不厭其煩提醒，直到說「請、謝謝」變成孩子的自動反應。

我也觀察到，在台灣，服務生為客人上菜時，一半以上的人沒有向服務生道謝的習慣。在法國，服務生是值得尊重的工作（其實任何工作都是），當他為你服務，等於是在幫你做一件事，雖然是你付錢，但並不表示你是老大。法國人會向服務生感謝他的幫忙，也是在教導孩子人與人之間的基本禮貌。

我初到法國時，有時趕時間，忘了跟店員先道聲法文的日安，劈頭就問：「你們有沒有賣ＸＸ？」

法國店員不會回答我，會等到我道日安，或者他們會特別說「日安，太太。」然後等我也問安後，再問一遍，才會回答我的問題。有了幾次經驗，我也被教會了，養成先問好、再問事的習慣。

這是基本的禮貌，即便你是花錢的大爺也不能免去這道程序。

* * *

文化可以反應到語言上。教法國學生時，我常在課堂上舉一個文化認知上的笑話。

華人對法國人說：「有空來我家玩！」

法國人聽了丈二金剛摸不著頭緒，回答：「Play what?」（玩什麼？）

在刻苦耐勞的華人的世界，不工作、沒做事時就是玩。跟法國人認知的「玩」是不同的。我會跟法國學生進一步解釋，華人的「有空來家裡玩」，不是真的要去玩什麼，而是來家裡吃飯、聊天之意，學生們才恍然大悟。

任何思想都是以語言為基礎，想要理解一個地方的文化，和當地人們的思考邏輯，其實可以從語言的文法與字詞結構去了解，這樣也會比較容易掌握那個地方的文化獨特性。

例如，法國學校上中學前，學生是叫老師的名字，但上了中學後，就要稱呼某某先生、某某小姐或太太。稱謂的改變，是要讓學生知道社會禮儀，也知道自己長大了，不再是一個小寶寶了。大學階段，除非很親近的學生，一般來說，老師也是以學生的姓氏，稱呼為某某小姐、某某先生，因為大學生已經是成人了！

法文讓我看到另一種思考方式，透過不同的文字與語法，深入不同的世界，理解看事情的方法，這就是文字的力量。每當我拿起一本法文書，自己慢慢的閱讀，了解其中的涵義，也欣賞另一種語言的深廣和能量，我常常情不自禁的有一種幸福感。認識一種語言就是認識另一個世界，它不只是個工具，它是一切文化的根本。

在引導孩子學習外國語言時，如果能夠加入這個角度，相信孩子不會只是學會說一種語言，而是理解這個語言的思想文化，自然而然就能教養出能夠與不同人種、民族合作，具有國際競爭力的下一代。

那些法國媽媽教我的事

我必須要說，優雅這件事，我是跟法國媽媽學習來的。

Emma 兩歲半就去上幼稚園。法國是以孩子能夠自己上廁所，不需要包尿布或是大人幫忙為標準，來判斷是否可以上幼稚園，不一定非要等到三歲才能入學。我們讓 Emma 那麼早去上幼稚園的原因，是我一直很擔心她會有獨生子女的惡習，過度依賴父母，也希望她儘早有同儕的人際關係可以學習。可是，當她開始去上幼稚園時，每天早上出門都會哭，我實在不知該怎麼辦，她足足哭了快一個月，搞得我自覺是全天下最笨的媽媽，為了終結心煩意亂，我決定找出原因。

我站在女兒的立場去想，她可能在學校會碰到什麼情境，以致於每天早上百般不願，哭著出門？我發現，她可能無法適應突然之間要跟三十多個不熟識的小朋友相處，她有同父異母的兄姐，但大她很多歲，老師也不可能像我們在家裡，全心關注一個小孩。

她從來沒有跟年紀相仿的手足相處的經驗，例如，她從不知道小朋友之間會搶玩具，也會吵架，也有誰跟誰比較好的小圈圈……，對她而言，那些已經不是適應，而是衝擊。她一直被一對「老父母」關在象牙塔裡，很少接觸到其他小孩，所以我開始幫她交朋友，創造團體相處的模擬情境。

Emma上幼稚園後，我請她的同學來家裡吃飯、過夜，讓Emma有很多機會多跟同齡孩子實際在日常生活裡相處。由於前夫年輕時也是童子軍，我們還在院子裡搭帳棚，讓小朋友們體驗露營，同學的媽媽很喜歡把孩子送到我們家。漸漸的，Emma開始踏出家裡，接受外面的環境和其他小朋友，只是適應期的確長了一些。

* * *

我當全職媽媽的七年時間，真正接觸到法國婦女的生活，學到很多法國生活思維。

法國是全球最早進入高齡化的國家，但相較於亞洲，社會老化速度卻是相對緩慢許多，比起台灣，老化速度還晚五十年。法國政府透過保障職業婦女、高額生育補助、完善托兒制度等全方位的配套措施，把法國生育率提高為全歐洲數一數二高。

法國產假可達六個月，也明文規定各種配套措施，防止職場歧視。不過，不少擔任高階主管的職業婦女不會請足六個月產假，因完善的托兒制度讓婦女有兼顧工作與孩子的選擇權。

有選擇的自由，是法國女人能夠活出自我，優雅生活的重要原因。

在法國，從政的女性做到部長級為數不少，女性的企業高階主管更是常見。當然，沒有一個制度是完美無暇的，法國也存在著全球職場女性都會面臨的天花板效應。多了母親的角色，女性能否實現事業與志業的企圖心？法國社會很努力做到讓職業婦女不要面臨希望孩子要有良好品質的教養，卻只能放棄工作，全心帶孩子的二擇一無奈。

法國的公立托兒是很多職業婦女休完產假的選項，孩子一出生就能送去。或者也可就近選擇在家執業，領有國家執照的專業保母。她們懂得育嬰照護、營養知識，還要會唱兒歌、說故事，家裡設備更要符合政府規定標準，主管機關還會定期查核。

如果兩者都不方便，還有把合格保母請到家裡的第三種選項。想要節省支出，還可以找鄰居朋友共同合請一位保母（照顧三名以下嬰幼兒），分擔費用。更重要的是，法國政府還會提供節稅與補助，減輕法國父母的育兒支出。

法國小學有安親班，四點半下課後，小孩可以在學校的安親班等待父母。只上半天課的週三，市政府會安排很多課程活動，父母不用擔心孩子放學後的去處。

就算是全職媽媽，法國的社區也有許多課程活動與托兒所可讓法國媽媽擁有自己的時間。社區的托兒所一星期固定開放幾天，讓社區裡的媽媽們可以去做自己的事，或是上瑜珈、橋牌、家政課……，我當全職媽媽那七年就上了不少課。

我在法國上過基本裁縫（現在忘了）、錶畫框、做餅乾甜點等手作課，像是聖誕節時我們會做薑餅屋或蛋糕義賣；還有以前我在台灣根本不會用針線，到了法國卻在社區裁縫課學會做裙子、外套，有一段時間，我們進口印度絲綢，我就用樣品布做成一個個袋子義賣，也分送親友，這是我從未想過的收穫。

不同於一般對家庭主婦的想像，全職的法國媽媽會兼顧自我成長，善用托兒所，有效安排個人時間，不論是呼朋引伴去上課，或是到哪個朋友家喝下午茶，不會終日淪陷於家事與孩子裡，忽略了自我個體的社交生活。

雖然法國人的家族觀念很重，但由於保母制度普遍，除非不得已，很少有隔代教養情況。祖父母有自己的生活，只有在孫子不上課的星期三或是週末時光，享受含頤弄孫之樂，也不會干涉孫子的教養，就連到兒子或女兒家，都會有禮貌的事先約好時間再上門作客。當夫妻需要外出時，如看電影、聽音樂會，會請鐘點保母，不會因為有了小孩，完全失去兩人世界。

我觀察到台灣好像很少有人會請學生或年輕人當鐘點保母。在法國，鄰居或朋友的小孩常常幫人看小孩賺外快，高中生就可以開始了。其實小保母的工作很簡單，一般父母在出門前都會把晚餐準備好，小保母來只要陪他們吃飯，玩一會兒，講講故事，然後小孩就會上床睡覺，小保母就可以做自己的事了。台灣不盛行這種制度，或許原因來自於「不信任」吧，也可能是因為年輕人不會也不願意做這種工作。

在法國做女人，尤其是媽媽，其實是很辛苦的。雖然政府的配套措施解決了很多基本問題，但下了班或週末還是得自己動手。在這麼緊湊的生活步調中，她們仍能儘量做一個優雅的女人，我想主要原因是她們堅持住「自我」這個堡壘，再怎麼忙都不忽略自己，不忘了裝扮得漂漂亮亮，把該做的事用最快的速度做完，和朋友出去吃飯時把小孩留在家中（請小保母幫忙看顧）。總之，無論如何都要擠出一點時間給自己。

女人的一生除了老公、孩子、家庭，還有朋友，還有自己的夢想，別用犧牲奉獻來說服自己，一個不快樂的媽媽，是無法讓周遭的親人幸福的。雖然有時想起仍會對女兒、前夫有幾分抱歉，但我覺得女人不管是外表或腦袋，都需先將自己打理好，才有能力顧及別人。這是我自己記取的教訓。

* * *

法國學校的午餐是可以選擇在校用餐或是回家吃，我跟兩個法國媽媽分工，一星期裡輪流接三個孩子回家吃飯。

我原來的出發點是想讓 Emma 多接觸其他人的家庭生活，她到同學家，就能實際體會同學跟手足之間怎麼相處，看看別人家的媽媽是怎麼管教孩子，讓她適應別家媽媽的要求，於是跟其他兩位交情好的法國媽媽提議，不如三人分工，每天由一人接送三位小孩，其他兩位也能多出完整時間，可以去做自己想做的事。

從幼稚園到初中，我們一路維持這個互助模式，三個孩子成了從小一起長大，感情好的玩伴，三位媽媽也變成無話不談的姐妹淘，無論是生活上，或是孩子教育，我們都相互幫忙。

Emma 雖是獨生女，但因為如此，有了與「手足」相處的機會，少了獨生子女驕縱的問題，交到很多好朋友。好玩的是，也因為三位媽媽各自有不同的規矩，意外解決了孩子的挑食問題。本來，三位之中有位小女孩不喜歡吃菜，在我家看見其他兩位津津有味地把盤裡的青菜全吃光，也嘗試吃了幾口青菜，幾次下來，她後來也不再挑食。這件事也讓我從孩子們身上見識到同儕的影響力，領悟古人所言的「近朱者赤、近墨者黑」道理。

我們三位媽媽在一起時，從不比較彼此的孩子，堅守不炫耀的原則。當然，我們會討論孩子的教育問題，但不是圍繞在評論成績表現上，而是聊關於學校、社會，但更多時間是談家庭的事、料理的事。我們會互相鼓勵，稱讚對方孩子的優點。當我們討論到孩子的未來時，也不認為孩子一定要念大學，選擇技職教育也很好。Emma 小時候的玩伴就有一個高中畢業後選擇技職學校，專攻餐旅業。

因為與這兩位法國媽媽長期相處，更讓我明顯感受到法國與台灣在教養上的差異。法國教養不見得十全十美，但尊重孩子的適性發展，多元價值觀與包容文化，的確是讓我受益許多。

全職的法國媽媽不會終日淪陷於家事與孩子裡，忽略了自我個體的社交生活。圖為我與姐妹淘其中一位的法國媽媽。

養出孩子的幸福本能

我常跟女兒說：「我希望妳的生活是快樂的，為所做的事開心，對自己人生感到滿意。」我戲稱我跟她爸爸是一對「老父母」，我四十歲當媽媽，Emma 爸爸又大我十六歲，我們不知道能夠陪她走多久，但肯定比一般年輕父母來的短，而什麼事物能代替我們，陪伴女兒長長久久？

讓她擁有讓自己幸福的能力，是我們認為能給孩子最重要的事。

以正規的學業教育來看，我們是不夠嚴格的父母，甚至不夠積極去規劃女兒的職涯發展方向。我們給她很多嘗試的空間，更沒有以「功利性」角度來安排她的才藝學習，讓她花很多時間在閱讀、音樂上，騎馬與童子軍的活動則是她自己的選擇。

一般來說，很多中上水準的法國人客廳沒有電視，電視會擺在視聽室或其他房間。我們家因為前夫的喜好，隨時放著古典音樂，我自己則是很喜歡看書與電影，家裡到處都是書。從她不識字開始，我每天晚上都花很長的時間為她講故事，常常帶她去書店，自己買書時，也一定順便挑選幾本給她。上中學以後這個習慣仍持續不斷。上大學後，她的閱讀興趣漸漸轉移到政治、國際方面，我也就很少再送她書了。女兒在週末也常跟著我觀賞電影，加上Emma對料理有興趣，從小就進廚房作菜，在她的成長環境裡，閱讀、料理、音樂與電影成了她生活不可或缺的必需品。

我總覺得，如果一個人能夠喜歡看書與聽音樂，則永遠不需要別人來幫他躲避孤單，也不會因為他人感到寂寞，這就是一種讓自我幸福的能力。在我的眼中，Emma很能自娛娛人，享受獨處，也喜歡和大夥一起瘋。我雖是她的母親，坦白說，卻要向她學習如何精進自我的幸福本能。

其實Emma小時學過鋼琴，我自己知道學琴的前四年一定不會好玩，但很多人在還沒跨過那個門檻就放棄了。Emma學了一陣子，不想再學，我本來希望她能堅持下去，因不想讓她養成半途而廢的習慣，況且她天生音感極佳，放棄實在可惜。練琴的確辛苦，只要熬過四年，就是另一番天地。但她爸爸心疼、護著女兒，於是依著女兒意思，停掉鋼琴課。不過，現在看來，成果顯現在她的內心，懂得欣賞比會彈奏重要。

Emma現在聽的音樂類型很多，深度也夠，比我這個從小學了二十年鋼琴的媽媽還更懂得古典音樂。從小跟著爸爸聽古典音樂，相較一般人喜愛的蕭邦、柴可夫斯基、貝多芬，女兒更偏愛舒伯特。

她也聽現代歌曲，但是屬於「universal love」，她的歌單裡常出現猶太、宗教或反戰意識的歌。Emma 曾分享以色列與巴勒斯坦二重唱 Noa（諾雅）與 Mira Awad（米娜．阿瓦德）的「There must be another way」歌曲給我聽。這首歌詞是由阿拉伯文、希伯來文與英文三種語言組成，大意是不要用戰爭來解決兩個國家的衝突。從她閱讀的書和聽的音樂其實就可以看出某種程度的世界觀和一定的敏感度。她關心這個世界所發生的任何事，對地理政治和世界各角落所發生的衝突或戰爭都會嘗試去了解，更不用說對自己國家的社會和政治問題，她更有自己的主張和看法。

我們除了會分享彼此喜歡的歌曲，也有共同喜歡的歌手，像是我們聽法國男歌手 Serge Reggiani 的歌，因他渾厚嗓音與道盡滄桑的優美歌詞，每每都會淚眼相對，這是我們心靈溝通的方式。

也許在許多人眼中這些都是一些無用的東西，但是至少我可以確定她不會窮得只剩下錢。

而 Emma 也的確成為一個很有幸福本能的孩子。身為獨生女，她很能享受一個人的時光，因為有最愛的音樂與閱讀陪伴著她，她也很喜歡跟不同國家的人交朋友，她在英國念書時，同學最愛去她住的地方，因為總有料理與笑聲。

* * *

Emma 現在的閱讀偏向政治與社會學類書籍，她對國與國的關係、人類社會充滿著研究的興趣。相較於時下年輕人喜歡看的輕小說，她的偏好可算是非主流。我記得她的第一本小說是描寫凡爾賽宮廷政治鬥爭的故事。閱讀也為她的生命帶來很多樂趣，培養她獨立思考的能力。

養成孩子的獨立思考能力，除了閱讀之外，法國教育也為 Emma 打下基礎。法國學生從小就被老師教育成凡事從質疑開始，老師會引導孩子發問、分析、整合與辨證，從小學開始，每個人就要上台報告。

我曾教過法國小學生中文，他們勇於上台分享，會主動表達意見，還會在課堂上提議可以玩的遊戲。由於法國學校不用穿制服，從小讓孩子，決定自己的穿著。

或許可以說，制服本身就代表某種意識形態，法國選擇不要制服，也象徵著不去箝制學生的思想，讓孩子有獨立思考的空間與自由。

印象中，Emma 的小學考卷不是選擇題，而是問答題，上了初中，就是以申論題為主，高中時就開始上經濟、社會與哲學課。考試方式有兩種，一是根據五、六張資料（可能是報導、圖片、統計數字，甚至信函）請學生做一個總結。比方說，二次大戰對德國經濟的影響，或是比較二十世紀初和二十世紀中期的勞動環境和趨勢。另一種方式是出一個題目，讓學生自由發揮，題目都是需要深思的問題，像是經濟成長是不是等於人類發展？我們在工作中賺到什麼？真相是不是都要講出來？法國教育制度還有一個特徵，那就是高三必修哲學課，高中畢業會考哲學是必考的一科，以下幾個考古題，提供大家參考：

- ◈ 如果國家不存在，我們是否會更自由？
- ◈ 我們是否必須尋求真理？
- ◈ 工作能讓我們獲得什麼？
- ◈ 語言只是溝通的工具嗎？
- ◈ 工作的價值是否只在於「有用處」？

◈ 人應該竭盡所能地讓自己快樂嗎？
◈ 是否只要有選擇就算自由？
◈ 藝術家是作品的主人嗎？
◈ 法律的定義是否就是正義？

學生必須在四小時內針對題目寫出一篇論文，通常會有兩題，考生任選其中一題作答。法國小孩從小就從較簡單的申論題，慢慢地一步步訓練，養成嚴謹的思考方式，無論你選擇念理工、企管或文科，哲學都是必考科目。老實說，不管考試成果如何，至少這個制度迫使你至少必須讀幾本必讀的書。

無論何種方式，目的都不在於答案，他們注重的是邏輯、引證、思辨。這些題目都沒有標準答案，主要在於立論的根據，老師要看的是你如何思考、如何表達、如何引證你的論點。

＊ ＊ ＊

未來的世界充滿變數，人類也將面臨從未發生過的問題，像是地球暖化、石油將耗竭、少子化、高齡化社會……，過度擴張經濟與慾望的後果是他們這一代孩子要思考解決的問題。

人在面對變化極快、不確定感重，又存在一堆待解決問題的未來世界時，特別需要能讓自己安穩的能力。而未來不可能單靠個人，無國界的時代，要有能與不同文化背景的人共處、合作的能力，因此，培養孩子獨立思考的能力，自己擁有幸福本能，以及包容能力，比任何專業技能都來得重要！況且，現在熱門的專業工作，在未來世界可能消失或是沒落。

一路以來，Emma 就像大部分法國小孩，擁有自主未來的決定權，因為在法國生活與工作同等重要。一位平凡的郵差可能是一位有專業水準的電影評論者，一位工程師可能有極深厚的古典音樂鑑賞功力。職業更無分貴賤，他們非常尊重個體的天賦，一位頂尖工匠或廚師受人敬重的程度不亞於大學教授。

如果要以成果論來看教養，以 Emma 目前的二十五年人生，她不會是華人傳統價值中的成功樣板，而是法國教養價值下的知識公民。

Emma 不是世界百大名校的畢業生，她的求學過程沒有太特別之處，在法國巴

我與Emma，我們各自包容對方、珍惜老天給的緣分，我們希望自己是對方的禮物，而不是包袱。

黎大學念完政治系後，研究所到英國倫敦攻讀公關，也因為中文和機緣，她曾到中國上海實習。就像大多數年輕人，女兒還在找尋未來的方向，在一次次的嘗試、思考中覺醒。

女兒肯定有她來自先天和後天的不足，我們也一定在教育她的過程中犯過很多錯誤，我也不知道她將來是否會走出一條平坦、順利，或是旁人眼中成功且令父母驕傲的路。

我只能說在我的眼中，她至少是一個正直、有愛心、懂得獨立思考的人。她有一個純樸的靈魂，她成長的環境使她沒有任何機會變成一個嬌生慣養的公主，也沒有隸屬於任何特殊階級的優越感。餐廳需要幫忙時，她可以去端盤子，和員工一起躲在吧檯後面吃員工飯。這是我們給她的價值觀。這一路上，我們只給了她一些資源和工具，但沒有替她鋪好一條保證平順或現成的康莊大道。我相信，無論未來如何變化，她都能夠擁有幸福本能。

父母只能陪伴孩子走一段世間路，最終他們的人生還是得自己去走。我相信她可以吃苦，所以我選擇信任她內心的聲音，儘量告訴自己不要去擔心我看不見，也不屬於我的未來。

父母最好要有一個認知，孩子的一生只有一部分是靠我們，其餘絕大部分還是要靠他們自己，既然我們無法掌握一切，何不下定決心讓他們自己去探索，這不見得會得到較差的人生結果。

Emma 都聽哪些音樂？

☆ Sicut Cervus Desiderat (G. L da Palestrina)
☆ AdônÔlam (Jerusalem Oratorio Chamber Choir)
☆ Agni Parthene (Divna Ljubjević)
☆ Elie (Patrick Bruel)
☆ Story of My Life (Saaz)
☆ There must be another way (Noa& Mira Awad)
☆ Pavin of Albarti (Jordi Savall, Hesperion XX)
☆ Schubert, Trio Op.100, Andante con Moto
☆ When the Heart Dies (Gabriel Yared&Nataša Mirković)
☆ Shema Israel (Sarit Hadad)
☆ Litany for the Feast of All Souls Day (F. Schubert)
☆ Tchaïkovski, Violine Concerto Op. 35

☆ We can work it out (Noa& Mira Awad)

☆ Gloomy Sunday《Szomoru Vasarnap》(Rezsõ Seress)

☆ Tatiana (Howard Shore《Eastern Promises》 OST)

☆ Bach, Chaconne, Partita pour Violon Seul

☆ The Namesake (Nitin Shawney,《The Namesake OST》)

☆ Time is on my side (Kai Winding)

☆ Tri Martolod (Nolwenn Leroy)

☆ Yerushalaïm shel zahav (Hazy Levy)

法國女兒這樣說

別怕跟別人不一樣

Emma

一個週六午後，外頭下著滂沱大雨，天氣灰濛濛，我待在家裡。朋友寄了一個TED演講的連結網址給我，當時我並沒想太多，只是帶著好奇心，加上有點無聊，我決定點進網址聽一下。聽到某段，台上的這名年輕人說道，他開始擁有自我，了解自己到底是什麼樣的人。這兩句簡單到不行的話，瞬間打動我，我想到自己，在這段人生旅途上，我身處何方？「擁有自我」到底又代表什麼？

對我而言，「擁有自我」就是全面且誠實地擁抱自己的完整人格和全部生命。

＊　＊　＊

我一直都知道自己與眾不同。不只是因為我的外表看起來不像其他朋友，還加上我會說一種在我的學校和成長環境中，不是那麼常見的語言，那就是中文。

還在就讀小學時，其他小朋友知道我出生於兩種文化的家庭時，常會要求我講幾句中文，而我總是躲得遠遠的。我很討厭遇到這種情況，因為這點出了我和其他人不一樣的事實，即便這沒有什麼不對，只是我當時還不明白。我並不認為這些小朋友是惡意，或者如其他人所說，年紀小的孩子總是比較殘忍。在我看來，他們只是好奇，因為操場上有個小女孩看起來和他們截然不同。

我從來就不喜歡受到眾人矚目，至今依然如此。成為人們關注的焦點，往往讓我感到侷促不安，我無法解釋為什麼，但我非常確定自己還沒有完全克服。或許是因為大部分小孩都會嘗試模仿同儕，努力得到族群的認同，我卻因為自己的不同，反而讓自己的差異更加突顯吧。

從很小開始，我就不太善於談論自己，學校老師在我成績單上的評語向來是：「不愛說話」、「不愛表達意見」，直到上大學後情況才慢慢好轉，因為班上人數從三十人大幅縮水成只有十五名學生。某種程度上，規模較小的團體比較沒那麼嚇人。我也終於開始明白，那些並不害怕說話、回答或提出問題的同學，根本就不擔心說了蠢話或是「答錯」。

或許，我體內台灣人的基因也是一部分原因吧。根據台灣的教養方式，你絕不能說太多話、太出風頭，也絕不能在未經許可的情況下，提出自己的意見或想法。他們避免衝突，不喜歡正面而來的真話。

中學時，老師常說我對題目的演繹和分析過於簡短，總是因此被扣分，一直到上大學時，我想考政治學院，所以必修一門專門訓練讀許多文章，然後用簡短文字寫出重點的課。當時的教授對於我能在很短的時間內就抓到重點，然後用很精準的文字清楚表達的能力十分讚賞。如今回想起來，我從小被老師詬病的缺點，可能就因為我覺得事情就這麼簡單，幹嘛解釋那麼多呢！那兩年不僅訓練我快速分析整合的能力，更增加了對自己的信心。

* * *

我父母的年紀比一般同學的爸媽老。有次放學後，爸爸到學校接我，有個朋友看到後大聲說：「真好，你爺爺來接你了。」

年齡上的落差也影響了父親養育我的方式。無論他多麼努力設身處地想，從我的角度看事情，對我而言，他彷彿是來自於另一個時代，想法似乎也早已過時。我記得他總是告訴我，邀請朋友來家裡玩，當聚會結束後，如果對方的父母趕不及來接送，我們要負責開車送他們安全到家，再次發動車子之前，也一定要確保朋友已經安全進入屋內，這是很重要的。不久前，一位朋友告訴我，她爸爸也跟她說過類似的話。關於約會對象，要由這個男人陪你走路回家，「好的」男人會確保你安然到家後才離開。

即使有時候，我認為爸爸對教育和生活的一些想法都有點迂腐，但隨著時日推進，我們想法上的差距卻日愈減少，或者是因為我已經長大了吧。現在我終於明白，他的某些想法並沒有那麼老舊。護送女士回家，並確保她安然抵達，比起只是用簡訊說：「你到家了嗎？」、「希望你平安到家」，就像親手寫卡片和傳貼圖，是優雅和效率之別，前者給的是時間和心，後者給的是功能。

*　*　*

在我的朋友中，沒有一個人可以說，他們和自己的媽媽擁有共同的朋友，或者他們和朋友喝酒聊天時，有媽媽在身邊。好吧，吃飯喝酒或許不算什麼，但是，和媽媽有共同的朋友，去同一場派對，可能嗎？我很懷疑。

這不是我預期中的事，但我很喜歡這種感覺。我和媽媽之間的關係非常特殊。當然，她還是我母親，偶爾還是會告訴我要做這件事情，或是要做那件事情。但是，我們之間不同於其他人的，就是我們都非常獨立。父母離婚後，我與媽媽一起住在巴黎。我們的生活方式始終很自由，有時只是一起吃飯，其他時間則各做各的事，誰也不會黏著誰，但是興致來了我們會像朋友一樣，邊喝酒，邊聽喜歡的音樂，天南地北的聊到半夜三點。我們的家是我們真正的避風港，是我們的秘密基地，我們倆都很享受這樣的關係，我爸爸則永遠都不可能適應這種方式。

我記得在巴黎的那段時間，媽媽在家裡舉辦的派對比我還多，來參加的通常都是年輕的台灣朋友，她也成為他們的第二個母親。大夥在我們家聚會，飲酒，美食、音樂及閒話家常持續好幾個小時，直到天亮。

我相信，在與我的父親分道揚鑣後，媽媽才終於找到她真實的自我：隨心所欲的做自己、不需做任何辯解或任何藉口，完全不在意別人說什麼或怎麼想。在我眼裡，她決定好的事情，總是堅決的走下去。一個人在五十五歲時可以有如此的轉變，實在是很震撼、很讓我感動的事。

* * *

我的父母親非常熱愛音樂，我幾乎想不出家裡何時是沒有音樂的。或許我還在媽媽肚子裡時，就已經沉浸在古典音樂中了吧。聽音樂對我來說，就像是呼吸一樣自然，可以讓心情變好，是宣洩壓力的理想管道。聽到一首美麗的樂章，我可以感動落淚。擁有欣賞（音樂）的天賦，我永遠感激不盡。若是連續二十四小時沒有聽到音樂的話，對我可能就像生活缺少了空氣一般。音樂讓我的生活變得更加豐富精采。我從來就不喜歡去夜店，也不在乎同儕批評我不上道，我只知道我非常珍惜父母給我的這個寶藏。

如果說，父母同時把他們對音樂的熱愛傳給我，那麼我對電影和書籍的熱情，就來自於媽媽。從我有記憶開始，每天晚上媽媽一定坐在床邊念故事，用法文念完白雪公主後，她會用中文你一句，我一句的再講一遍，甚至錄音起來（爸爸至今仍保存著）。等我再大些，她買了些音樂家生平的CD，每晚陪我聽，然後和我討論，我們把這段時間稱之為我們的「音樂時刻」。

爸爸不怎麼喜歡看電影，媽媽卻是個修過電影學分的電影迷，從默片到日本、法國、美國的經典片都看過。我很小的時候她就帶著我在家看錄影帶，我們倆單獨住的那段時期，週末晚上常常穿過馬路到附近的電影院看電影，回家後吃點東西，點上蠟燭，喝杯酒繼續討論各自的看法。很簡單，很輕鬆，很溫暖，這些時光雖然過去了，但永遠留在我的記憶中。

* * *

父母給了我許多無法計價的財富，他們傳承給我的文化使我有機會，也懂得欣賞很多美的東西，這都是造就我個人特質的因素之一，我相信也是幸福本能的來源。

因為我有一對老父母，所以我喜歡的東西跟同年齡的朋友不同；因為媽媽是台灣人，我長得跟別人不一樣；我喜歡的音樂、愛看的書和電影也都跟人家不一樣……，這些「和別人的不同」曾經讓我相當困擾，小時候有時也因此受到排擠，直到十五歲暑假時，第一次到倫敦參加夏令營，我結交了許多朋友，也首次發現原來我的英文比起其他法國人好很多。我算算，發現自己居然懂得四種語言呢。從此以後，我漸漸覺得自己喜歡看政治、歷史的書，不愛看好萊塢電影、欣賞的音樂不夠潮等，這些正是我與眾不同的特點，也或許就是我的價值。我開始有信心做自己，開始認為「跟別人不一樣」不一定是個劣勢。

我在成長過程中遭遇過許多挫折，異於別人的不適應、父母離婚時所遇到的糾結、長大後學法律未成……，這些失敗的經驗讓我每次都學習到一些，讓我更堅定相信失敗是必須的，也更知道自己想走的路或不想走的路。我還在繼續摸索，但我受的教育和從閱讀中所得到的知識讓我覺得：世界這麼大，隨時都在發生許多事，個人卻這麼渺小，很多時候我們認為理所當然的事其實並不重要。我期許自己能盡可能跳脫某些框架，勇敢走自己想走的路。

至今我仍對自己缺乏信心，媽媽說她年輕時也是如此，也許我就像當年的她，正在架構我的自我人生吧！

看著媽媽這幾年的轉變，我真心覺得，每一個人的價值不一定非得如世俗所定，目標也只是一個餌，如何走到終點，這段旅程中的每一刻、每一件事才是值得活的。

Part 3

我眼中的真實法國

法國人認為人要享受工作與生活，所以試圖在工作和個人生活找到一個平衡點。

和朋友喝杯咖啡，陪孩子騎腳踏車在公園晃一圈，全家一起逛露天市集，這些或許都只是短暫的歡愉，但幸福其實就是這些零零碎碎的片刻累積起來的。

Départ Paris - Arrivée Taipei!

浪漫：忠於自己的情懷，隨著心走

人在巴黎沒有什麼感覺，但一回到台灣，不知是否身上已帶有法國的DNA，常被朋友說我實在很像法國人。我分析自己，有百分之六十像法國人。

到二〇一五年為止，我在法國居住的時間超過人生三分之二長度。很多人一聽到我在法國住了三十八年，第一個反應就是：「法國好浪漫，妳應該也變得很浪漫吧！」到底什麼是法國的浪漫？

＊　＊　＊

浪漫主義最初起源於十八世紀的德國，主要是對於當時以法國為首的古典文學所產生的反彈。法國文學承襲了希臘羅馬的傳統，從十六世紀開始發展古典文學，十七世紀達到巔峰，領導全歐。到了十八世紀初，德國吹起了一股風潮，試圖擺脫古典文學裡所講究的理性、冷靜、條理清晰的嚴肅，主張回歸人性最深處的真情。浪漫主義主張結合智慧與個人情感，為理性和抽象注入一股新的原動力。

浪漫主義經德國、英國後傳入法國，這股潮流透過文學、藝術、音樂，深入挖掘真情，強調自我，創造和表達美好的境界。

大部分人到法國，主要還是去巴黎，不過真實的巴黎常讓許多初次造訪者腦海中的「美麗幻想」大打折扣。

例如，巴黎街上並不乾淨，滿街狗大便；咖啡館林立，但陳設多為老舊；法國人傲慢，對講英文的人很冷淡，甚至是不理人；商家的服務態度談不上親切；巴黎的交通混亂，隨時可能塞車，初來乍到者在市區開車會覺得可怕。

我剛住在巴黎時，每天早晚都要經過凱旋門圓環，圓環四周是十二條放射型大馬路，四面八方都有來車。法國人開車速度是理直氣壯的快，搞得我腎上腺素瞬間飆高，每天都要「害怕」兩次。

幾次下來，我漸漸習慣了，也終於明白為什麼凱旋門圓環沒有警察，也沒有紅綠燈，卻很少看到車禍。因為，法國人開車是該停的人就會停，不該停的人絕不會讓，大家遵守「左邊來車優先」的圓環規則。（平常是右邊來車優先，為了方便在內圍的車可以轉入十二條大道其中一條，所以右邊來的外圍車要禮讓來自左邊的內圍車。）

該你走的時候，絕對不要猶豫，一定要勇往直前，右邊來車看似來勢洶洶，但是最後一剎那，絕對會停下來讓你過。所以說它亂，其實他們心中是有一套規矩，而且大部分時間都會遵守，這是一種自然調節法。偶爾有警察在那邊刻意指揮交通，結果不僅是凱旋門，連周邊的十二條大道都塞到爆。我自己就曾經好幾次在離圓環不到十公尺處，等超過半個鐘頭以上，就是擠不進圓環。

在巴黎街頭開車時，也會時常看到兩部車的駕駛，拉下車窗，各自用常用的粗話吵架，吵完了再分道揚鑣，上班的上班，送貨的送貨，氣氛火爆又家常。

不過你車子開沒幾公尺，可能又不動了，因為前頭有一部卡車正在卸貨。你只好等，不耐煩也只能按喇叭，但喇叭還不能多按，因為按多了會被行人罵，嫌你沒有公共道德，不尊重別人的耳朵。這時如果你下車，直接找那正在卸貨的司機，他會雙眼圓睜，理直氣壯的回答：「先生（或太太），我正在工作！」意思是你們這群閒雜人等全部給我閉嘴。這時，再刁鑽的法國人也只能乖乖回到車上，打手機跟老闆或客戶說你會遲到，女人就拿出睫毛膏刷睫毛。

上：皇宮 The Palais-Royal 前的大噴水池。巴黎街頭行人匆匆，但也摻雜了悠哉的情趣。
下：法國人習慣的隨性擁擠。

好不容易卡車啟動，大家連忙加足油門，像賽車選手一樣衝出去，希望能把剛剛浪費的十幾分鐘補回來。往前衝二十公尺後，車又停下來了，原來前面是一輛垃圾車！它正挨家挨戶清理每棟大樓的垃圾桶！好吧，剛剛睫毛只刷了左眼，現在正好可以刷右眼。

雖然巴黎街頭行人匆匆，車水馬龍，貨車卸貨，機車蛇行，橫闖大街小巷，全然大都市的忙碌節奏，但是其中也摻雜了悠哉的情趣。

＊　＊　＊

巴黎完整的都市規劃，處處有風景，塞納河兩岸的咖啡館、舊書攤、停泊船隻，融合法國人悠哉、活著就是要喜悅的生活方式，人文氣息引人心醉。很多人對於巴黎到處都是咖啡店印象深刻。這些咖啡店，其實最早很多是來自中部山區Auvergne 的人北上求生，拚命工作，有了一些積蓄後就盤個店，經營起小咖啡館。由於成本不高，全家人同心協力，只要勤勞，利潤還算不錯。一人成功後就幫助晚來的鄉親，漸漸地，這一行就成為 Auvergne 地區的人的天下了。

經營咖啡館其實很辛苦，我家對面就有一家。咖啡館一般是早上七點開門，直到深夜一點關門，打烊後服務生把所有桌椅聚在門口，然後用繩子綑綁起來，清掃地面，弄到兩點半左右才真的關門。清晨五點半，第一班的打掃員工開始整理內部，然後七點又開始營業。

多年來，這些咖啡店不但內觀沒有大大改變，服務流程和規矩也謹守成規，幾十年如一日。一成不變的小圓桌，堅固耐用的椅子，黃銅做的吧檯，服務生人手一個圓托盤，腰上掛一個錢包，一個人東奔西跑，同時服務好幾桌客人的點菜上菜，從不用筆也不會出錯。櫃台後面則經常是老闆或老闆娘，親自操手煮咖啡、倒酒、洗杯子和收銀，動作迅速俐落，嘴巴還不停的和吧檯邊的老顧客閒話家常。這些看起來簡單、隨興與浪漫，其實背後是遵循傳統流程、苦練許久的嚴謹。

雖然法國的咖啡店大都布置簡單，有些甚至簡陋老舊，但隨興的法國人其實不在意，也不刻意講究咖啡豆品種或特別的煮法，一杯咖啡或一杯酒都只是個藉口。因為這只是路過歇腳的地方，或是可以坐下來和朋友喝杯咖啡、歡談幾句以偷得浮生半日閒的片刻。許多退休的老人早上起床出門買份報紙，之後就會走進咖啡店，喝杯咖啡，看個報，和老闆、酒保聊聊政治、時事、社會經濟、賽馬足球等，或是和老闆娘、女服務生調笑一番，然後再從容回家，開始一天。這就是法國式的浪漫與幸福，在不完美的環境依然能享受生活的片刻，也是忙碌工業社會中的一點人情味！

法國各地都有超市，但大至巴黎小至鄉下，仍然到處有露天傳統市場。自古以來，市集就是人與人接觸的重要場所，對許多法國人而言，這是重要的生活情趣之一。他們儘量維持著古老的傳統，也不怕髒亂，心甘情願多付一點錢，為的就是抓住一點反璞歸真的機會。

法式浪漫，說穿了就是一種生活的態度，以及對生命的另一種體會。巴黎街道或許沒有那麼整潔、乾淨，也可能有很多狗大便，但是它有質樸的石磚路，有典雅創意的櫥窗，有歷經滄桑的老街灯，相較起來，狗大便就不算太重要了（何況愈來愈少）。不完美沒有什麼不好，因為這樣，巴黎才顯得更有人味與浪漫。

上：就這麼簡單，沒有特別的設計，只是賣咖啡！
下：這家餐廳是我的口袋名單之一。簡單的桌椅，看來貌不驚人，菜色卻一點也不含糊。很標準的法國精神：精緻卻不做作。

舊房子、舊家具，「舊」品味

我的姪女婿在跨國企業工作，在公司的全球行銷會議會碰上各國同事，他跟我抱怨法國人真難搞，身上有一股驕傲感。我只能跟他說，法國人的確非常有自信，正因為這股自信，所以不輕易妥協，反過來說，自信的另一面向也是驕傲、執著。因此，法國人常被其他國家公認最難搞、最不受歡迎。

他們的驕傲，有很大一部分，是來自於對自己文化的自信，所以他們很執著、致力於保護自己的文化。

法國人歷經法國大革命與多次戰爭，堅持反對文化殖民，尤其對美國的帝國主義不以為然。他們不喜歡全球變成好萊塢的單一娛樂文化，更難以理解為何要用美式思維統一全球。很多外國人到了法國常常抱怨法國人不肯講英文，其實他們不是驕傲，而是因為說得不好。就像很多老外來到台灣，在街上問路、到飯店點餐、百貨公司買東西，也不會總是碰上英語流利的人吧！我也曾經在日本、韓國的五星級飯店櫃檯碰到連簡單英語都無法應對的工作人員。有時我們真的也應該反思，為什麼我們要求全世界的人都要會講英語？不錯，美國是全球經濟、政治的領導國，所以英文成為全球通用的語言，但是幾年後說不定會變成中文呢！現在巴黎兩大百貨公司都有會說中文的店員和負責退稅的服務人員，那我們為什麼還要怪法國人不講英文呢？

* * *

法國文化部一年有七十億歐元預算，其中會撥部分經費用於維修古蹟文化資產。此外，政府會獎勵各項文化活動，如法國電影、美術館、博物館、書籍出版……等，這也是法國電影工業不受到好萊塢影響的原因。

法國政府很清楚，要讓下一代愛看法國本土的電影、書籍、藝術文化，第一件事就是要能夠有百花齊放的創作能量，產出夠多、夠精采的作品與創作者。他們以厚實的人文思潮基礎教育下一代要懂得反思、批判，勇於說出自己的想法，也會把傳統文化融入生活裡，法國年輕人從小就有機會認識法國文化，並且引以為榮。

法國人一向愛唱反調，事無大小，大家通通有意見。無論左派右派當權，新的政策，尤其是改革措施，甚少輕鬆過關，每次總要上街遊行，罷工示威，轟轟烈烈的吵鬧一番才能勉強通過。唯獨對於古蹟維護，古物保存，很少聽說有人反對，若有任何破壞古蹟之虞的方案出現，則立時遭到媒體、社團、知識分子及當地居民的群起撻伐。當年密特朗總統聘請華裔建築師貝聿銘設計羅浮宮中庭的透明金字塔，設計方案一出，全國立即一分為二，兩派人士唇槍舌戰，一時喧鬧不已。外觀酷似煉油廠的龐畢度中心，也曾是爭論的焦點。保守派人士深信在古老的市中心興建一座由水泥和鋼管組合的現代建築物，不僅突兀，簡直就是不可原諒的滔天大罪。

整個巴黎的建築物，大都是二十世紀以前完成的，尤其它的發源地拉丁區更是上溯到中古世紀，所以整個巴黎城可說是一個大古蹟。因此所有建築物，無論民宅或辦公大樓都規劃於外圍第一環以外的地區。為了保持和諧的城市景觀，要將舊屋拆除重建，需經重重審核，限制極嚴，從樓高到外觀都要專家認可才能獲得建照。一般民眾即使只要開一扇窗，也要提交設計圖給市府，主管機關確認不會破壞整體景觀，才能施工。所以，巴黎市中心有許多隱藏驚喜的小巷，下一個轉彎處可能就看到中古世紀的窗、文藝復興的石梯，推開一道貌不驚人的門，可能是別有洞天，全是古董的中庭。

巴黎所有的名勝古蹟，都由政府固定編列預算維修管理，所以觀光客無論何時來巴黎，總會看到有一棟古蹟搭著鷹架正在美容，好像永遠修不完似的。有一年，巴黎鐵塔上就有一群身上綁著安全鋼索的油漆工人，展現特技像蜘蛛人似的攀在塔上，手拿鐵鎚一點一點的敲掉剝落的油漆，重新為這個年過半百的美人補妝。

* * *

法國有很多一、二級，甚至三級古蹟的城堡為私人所有，有些主人是繼承家族遺產，以一個上班族的薪水實在無法負擔古堡的維護費用。有時，光是維修城堡的屋頂就高達百萬歐元，且修補古物力求遵照古法，絕對不濫用水泥或釘子，有些磚瓦還需特別訂做和原本一模一樣的，不僅耗時，經費也很龐大。雖然他們可以向政府申請補助，但還是很努力，想盡辦法保住祖先留下來的遺產。

大家總想像住在古堡的主人，每天應該是穿著高雅，過著輕鬆、悠閒的日子，事實並非如此。一到週末或年休，古堡主人會帶著全家大小（小孩子在內）鋤草、維修破損的建築。女主人身著工作服，腳蹬長筒雨靴，忙進忙出做許多重活，還要照顧小孩；男主人平時上班，週末得爬上屋頂修理被暴風雨吹走的瓦片，或重砌倒塌的矮牆，十八般武藝樣樣俱全。因為財力有限，許多古堡主人常常還得自己充當導覽員，為買票來參觀古堡的觀光客解說。

是什麼令這群坐擁古堡的主人願意如此犧牲奉獻呢？答案就是使命感。保存古蹟就是保存歷史，保存過去就是不忘自己從何處來。沒有過去就沒有未來。他們身體力行、以身作則，從小就將自己的信念和熱情傳給下一代，希望這種捍衛文化遺產的使命感能夠不斷傳承下去。這是他們的執著，他們的驕傲。

不過喜歡老屋，並不代表就得住得破舊。只要稍有能力的人都會將舊屋內裝重新改造，增加現代化的浴廁和廚房，只有一點是不能改的，那就是電梯，不是乾脆沒有就是太小。至於房子內部的改裝和擺設，常常新舊融合，展現出個人的品味，我常常在首度拜訪朋友時驚喜不已。明明是舊舊髒髒、不起眼的大門，一打開卻另有天地。古典雕花的天花板、大理石的壁爐，走起來吱吱作響的原木地板，配上幾件超現代的設計家具或藝術品，總帶給我十足的視覺饗宴，更佩服主人的巧思。這

上：老人開的老書店（也賣新書），沒有特別的創意或古董，就是滿屋子的書！
下：物換星移，人事更迭，不變的是老石子路和老房子。

種落差式的搭配，充分表現了法國人守成又叛逆的矛盾性格，當然也反應了主人的品味素養。

走進任何一個法國家庭，總會看見幾件古董家具，年代或遠或近，有些是祖傳的，有些則是古董店買來的。像Emma的嬰兒搖籃就是祖傳，她的祖父、姑姑、表兄、爸爸、同父異母的兄姐都是在那張小床上度過人生的頭幾個月。

舊東西不一定代表財富，有些人一室古舊家具，荷包不見得飽滿，但那些舊東西對他們而言，代表了家世與文化。如果沒有真正的古董，他們寧願使用具設計感的現代東西，也不用仿古的全新家具。

* * *

不僅住家，法國人對於老店也情有獨鍾。窄窄小小的店只要做的東西獨到，且是有特色的老店，法國人絕對風聞而至。巴黎有幾家四、五星級的旅館，或是小劇場或著名的俱樂部，都是處於巷弄中，外觀毫不起眼，沒有特別注意很容易錯過，裡面卻別有天地：小而雅致的中庭，內部全都是古董家具，布置典雅貴氣。他們講究的是道地，是一種自然不做態的典雅，但他們也不反對有創意，甚至極端的華麗，重點是要有個性，一種有意間經營出的無意，要華麗但是不外顯，要大膽但不流於低俗，高貴但不是呆板嚴肅。

法國古董店、跳蚤市場特別多，還有舊貨店、拍賣公司等等，法國人蒐集的範圍也很廣，從家具、珠寶、銀器、舊書畫、玩物到杯盤、飾品，阿嬤留下的繡花床單、桌巾、各行各業的工具等應有盡有。跳蚤市場是法國人的週末好去處之一，這裡的舊貨等級繁多，價格從幾十塊到幾萬完，人人都有機會可以抱回自己一見鍾情的寶貝，還能享受討價還價的樂趣。很多賣古董舊貨的商人有滿滿的典故知識，和他們閒聊，很容易消磨一下午，還可以學到不少東西呢。

法國還有另一種十分專業的古董商，他們專門收購大宅裡拆下的大小建材。許多法國人喜歡購入老屋重新修建，為了保留古屋原貌，四處走訪古董建材商，尋找心目中理想的老式地磚、雕花鑄鐵大門、石刻噴泉、原木橫梁，只因為這些年代已久的老建材能經營出一種深沉典雅的非凡質感。

尊重人的生命，也尊重物件的生命；每一個人都有自己的故事，每一棟建築物、每一樣東西背後也都有一段不為人知的故事。一張道盡歲月年華、刮痕累累的桌子，一把經歷幾代人的破椅子，一面不再光鮮明亮的鏡子，法國人戀戀不捨的是隱藏在每件東西後面的故事。他們喜歡活過，有生命的、真正道地的實物，而非光華無暇的仿古品。對於人生，也是如此。

法國人為什麼不胖？

法國以美食聞名於世，奇怪的是，法國人並不特別胖。

其實，法國人跟中國人一樣，天上飛的，地上爬的，水裡游的，無一不吃；一隻豬可以從頭吃到尾，從裡吃到外，肉、豬皮、豬頭、豬耳朵、豬腳、內臟、豬血等絕不浪費。烹調食品也不忌諱牛油、奶酪、酒，該放就放。法國人最喜歡吃乳酪和甜點，吃飯還要配葡萄酒。

法國是個物產豐富的農業國家，蔬菜、水果、肉類、奶製品、葡萄酒種類繁多，再加上南靠地中海，西靠大西洋，漁產也多。除了天然資源外，法國人還開發養殖生蠔、蝸牛，牽著豬去找價值千金的松露，以及獨創殘忍的填鴨法以製作美味的鵝（鴨）肝醬。對於吃，他們可說和中國人一樣，非常肯用腦筋也願意花時間研究。

法國的地方菜也各有特色。比方南部靠地中海的人蔬菜吃得多，烹調時也以當地盛產的橄欖油為主；北部多雨，草原多，盛產奶製品及蘋果酒，所以菜色常少不了奶油和蘋果酒；沿海地區則以海鮮、魚湯著名，當然還有盛產鵝肝醬、醃鴨腿、葡萄酒的西南部。

傳統法國菜大多用奶油烹調，還常加鮮奶油、酒等高熱量的調味。其實，以現代眼光是相當不健康的。一九七〇年代，法國開始掀起改變的風潮，大量減少不健康的原料，分量上也加以調整，擺盤也走創意路線，引起保守派的攻擊。法國菜這二十年的變化比過去一百年大許多，近幾年又加入東方料理的元素，菜色漸漸走向健康、清淡、多元、創意。

法國女人也有體重的煩惱，婦女雜誌幾乎每一期都有減肥方法和食譜的報導，很多女人都覺得自己有幾斤肉要減。但普遍來說，相較於美國，法國的胖子，尤其是超級胖子少上很多。為什麼再怎麼吃，胖子還是沒有其他國家多呢？多年觀察下來，我覺得這不但和飲食習慣有關，恐怕也和背後的飲食文化有很大的關係。

* * *

對於現代法國人而言，家中的廚房重要性很高，一是外食不像台灣這麼方便，二是物價昂貴，大部分法國家庭都自己開伙。忙碌了一天，一家人能夠坐在一起吃飯，是很重要的情感交流。

法國一般家庭其實吃得相當簡單，前菜通常是冷盤，如各種不同的沙拉，大黃瓜、胡蘿蔔絲、酪梨、蔬菜湯、哈密瓜、水煮蘆筍、香腸等；主菜不外是魚肉搭配蔬菜、麵飯，乳酪和優格布丁當作甜點。只有週末才會烘培蛋糕。吃得雖然簡單，但很重視營養均衡。

雖然食物簡化了，但飲食的規矩仍然不變，只要看法國人每日如何布置餐桌就可知一二。許多家庭仍維持著使用餐巾、桌布的習慣，吃的東西不見得怎麼特別講究精緻，但桌子和擺盤卻中規中矩，由此也可看出法國人對用餐的重視。

法國人當然也會購買熟食回家當作正餐，尤其是忙碌的職業婦女。職業婦女通常七點就下班，因應她們的生活型態，法國也出現如 PICARD 急速冷凍鮮食連鎖店，從前菜到甜點一應俱全，只要採買所需的半成品，回到家放進烤箱，一樣能在家宴客。

不過，即使買熟食回家，他們也絕對不會直接用外帶食品的容器享用食物，更不會直接從塑膠袋裡拿東西出來吃。他們一定會把東西裝盤，四平八穩的擺上刀叉、餐巾、水杯，然後坐在餐桌前慢慢享用。吃飯對法國人而言有著特定的儀式，長久下來，自然會影響到心態、行為和儀態。食物可以簡單，規矩卻不馬虎。從小養成的習慣，久而久之就變成理所當然，無需做作。

* * *

除非家裡有一個全職媽媽，否則法國小孩幾乎從幼稚園開始，每天都在學校的餐廳吃飯。不像美國小孩每天拎著一袋三明治去上學，大部分法國學校都是將學校伙食外包給專門的餐飲公司，由現代化的中央廚房統一調製，每天早上配送至各學校，再由各校廚房加熱或再製作。

菜色依然有前菜、主菜、甜點或奶製品，總共三道，再附上麵包。初中以上則每道菜都有兩樣以上的選擇。菜當然不一定道道美味，但營養一定要均衡，最重要的是，學生是坐在餐桌前，用三十分鐘的時間吃完一頓正餐。另外，因為阿拉伯移民多，學校還規定要有符合回教徒吃的菜單，這也是法國人在飲食上所表現出的多元、民主和包容性。

上了高中以後的中學生可以在校外吃午餐，青少年一有機會自然想吃平常沒有機會吃到的速食，但多數家長仍會限制孩子每星期外食的次數。因為孩子們從小就養成了好好吃正餐的習慣，長大後自然較容易維持這個模式。

為了讓兒童從小有正確的飲食觀念，每年十月還會由職業廚師到各校舉辦味覺週，讓孩子品嚐不同的食物，開發潛藏的味覺，認識食物，慢慢接受不同的食材。許多偏食的孩子在廚師的示範品嚐會上，從此改變成見，開始嘗試以前十分痛恨的蔬菜呢。

在法國，一般具規模的公司都附設有餐廳，供應午餐。規模較小的公司很多也提供由公司補助的餐券，這算是額外的福利。員工可以用餐券在外賣熟食店買食物回辦公室吃，也可以在附近的小餐館或咖啡廳坐下來，點一份套餐或沙拉，喝一杯咖啡，邊吃邊聊，不但餵飽了肚子，也藉機鬆懈緊張的精神，從任何角度看都比坐在電腦銀幕前吃下一份漢堡要健康。

由於正餐吃飽了，所以他們甚少吃零食。他們習慣喝濃縮黑咖啡，不像美國人隨手一大杯的拿鐵咖啡。法國人也很喜歡喝可樂，可是從未把它當國民飲料，多數時候還是喝水。在法國，水是可以生飲的，打開水龍頭就可以直接喝，當然也有很多人會買一箱一箱的礦泉水。也許是氣候不同，在法國，飲料文化不如亞洲發達，街上很少看到人手一杯外帶飲料。只有在夏季少數非常炎熱的時刻，才會看到邊走邊吃冰淇淋的法國人。原則上，他們寧願選一間普通的咖啡館坐下來，好好喝一杯飲料。

因為物價、人工貴，所以法國人都得會煮烹飪，外食較少，自然吃得比較健康、規律。孩子從小看到母親做飯、在家宴客，長大後自然也覺得天經地義，不覺為難。有了這種傳統，年輕人長大後即使出外念書，如果不想到國家補助的大學餐廳吃飯，就會自己買食材回家動手。我女兒在巴黎上大學、倫敦念碩士時，都是自己買菜、煮東西吃。如此代代相傳，不僅維持了良好的飲食習慣，也間接保留某些價值觀。飲食在生活中的確有它不可輕忽的地位。

*　*　*

梭羅說，能夠分辨食物真味的人絕不可能是狼吞虎嚥的人。在法國生活近四十年，我學到了飲食實則是一種「隱食」，滿足的不只是口腹之快，更是吃懂隱藏在食物背後所代表的更深層的涵義。

法國餐被列入聯合國教科文組織列入世界非物質文化遺產之一，入選原因是法國餐講究精緻與禮儀，強調家庭世代、團體聚會的情感連結，以及重視食物美味、人與自然食物的平衡。還有，它也是世上唯一將食物和酒結合為一體的國家。

但，精緻並不代表複雜、高價，一道簡單的菜他們也會遵守應有的烹調方式、次序、調味，搭配適當。他們也喜歡創新，條件是基本的東西要先做好。網路時代，從人身上得到的真實溫暖愈來愈少，視訊通話代替交通往返，我愈益覺得，親自動手烹調，把親朋好友團聚起來的法國料理，因為增添了親切、實在的質樸，真的是一項值得保存的傳統。

吃，要吃得好，不是吃得貴，也不是吃得多。吃對法國人而言不僅僅是滿足口慾，他們注重「吃」的原則和態度，也就是說，他們對「吃」這件事的要求不只是味覺，另外還有精神層面的意義。

法國人對吃飯這件事有很多堅持，堅持一道一道地吃，堅持慢慢地吃，堅持吃飯配話，話多所以吃的不多，一頓飯可能花幾個小時，其實真正花在吃東西的時間並不多。因為對吃飯這件事的堅持，對於飲食文化和傳統的重視，或許就是法國人為何不胖的原因吧。

法國人重視吃，為什麼胖子不多？

1. 一日三餐，從小養成不吃零食的習慣，下午茶或是肚子餓時，會吃巧克力、優格、蘋果、香蕉、堅果與麵包。
2. 坐下來吃飯，也肯花時間慢食。菜是一道一道的吃，每一道中間都要換盤，用餐時搭配水和酒。喝酒或喝水，能夠降低進食的速度與分量。
3. 把吃飯當成一種儀式。即使一頓簡單的餐，也要擺得有模有樣；更講究用餐禮儀，不能狼吞虎嚥。
4. 道數不多，但道道在桌上吃，吃完就下桌，不再吃任何東西。幾乎人人都有一身在家宴客的基本料理本事。

不要碰我的周末！

許多人一提到法國人，總難免說他們喜歡享受，工作不夠勤勉，效率低，總歸一句話，懶。

華人社會一向強調勤奮工作是我們的傳統美德，所以認為只要不把所有時間花在工作上，更正確地說，是不把所有時間花在賺錢上，就是懶。其實近年來，以物質主義為首的西方社會，也開始出現一些變化。許多人對於以消費為走向的工業社會深感空虛疲乏，紛紛回頭尋找人生真正的意義，開始改變消費方式，放慢生活步調，希望重新找回傳統的價值觀。在法國亦是如此。

事實上，法國一年有五星期的年假，一週工作三十五小時，還時有罷工，但法國的生產力在全球排十名內，也是世界少數能夠均衡發展的國家。除了人文藝術、哲學，法國的高鐵世界第一，醫學、航空、核能產業也很強，同時是諾貝爾獎得主的盛產國之一，這一切得歸功於法國的價值觀。

在他們的價值觀裡，不會把工作當作人生的全部。他們沒有加班文化，因為加班對公司而言成本過高，也沒有「如果你比別人早下班就代表工作不認真」的成見。在他們的觀念中，留在辦公室的時間和工作態度或工作效率並不成正比。

＊　＊　＊

很多人問我，法國人週末都在做什麼？雖然他們的工作時間確實比我們短，但如果你以為他們週末都只坐在電視機前面喝啤酒、看球賽，那就錯了。

一般法國家庭週末的行程，其實排得十分緊湊。因為週一到週五要上班，所以許多瑣事都必須等到週末處理。許多銀行週六營業，週一公休，郵局、區公所等週六上午也開門，就是配合上班族。所以週六大家都會事先計畫好，抓緊時間，將累積多日的大小事處理好，如去區公所申請相關證件、領取指定垃圾袋、到郵局取寄掛號信或領取包裹，到銀行辦理各種手續等。

週六下午通常是購物、買菜、孩子才藝學習或社交活動的時間。年紀小的孩子通常是下午舉行生日派對。法國小孩的生日通常在家慶祝，一請就是十來個小朋友，父母必須事先準備蛋糕（通常是媽媽自己烘培）、糖果、飲料，還得事先規劃好遊戲活動，屆時還得兼做主持人、裁判、招待、保母等。等到派對結束，每個小朋友還要人手一包糖果、小禮物或書等，一個下午就這樣耗掉了，這還不算事前準備規劃的時間呢。

週六晚上，就輪到大人社交了。根據我在法國三十多年的經驗，法國人職場上的交際應酬通常安排在餐廳午餐，晚宴則通常保留給朋友間的私人聯誼，而且大部分是在家裡聚餐。由於平時工作忙碌，職業婦女多，宴客排在週末，一方面主人有充分的時間準備，加上隔天不用上班，大家可以盡興吃飯聊天。

在台灣一到週末，許多餐廳爆滿，如無事先訂位，常是一位難求，在法國則是相反。許多餐廳週日公休，因為週末不僅沒有商業午餐的客戶，加上多數人不是出城，就是在家與家人聚餐。

對於有孩子的法國人而言，週日是唯一可以睡得較晚的一天，也是可以輕鬆休息的日子。標準傳統的法國人週日早上會去教堂做禮拜（現在年輕人上教堂的愈來愈少），然後順道去買個麵包或甜點，回家享受。週日午餐也是和父母家人團聚的機會，有些人固定回父母家，有些則邀請父母或家人來家裡聚餐，午餐後再一起出去走。下午的話，可能去看電影或是畫展，逛逛跳蚤市場，天氣不好時就在家看看電視。平常工作忙碌的父母也會趁機檢視子女的功課，晚餐後通常早早入睡，準備開始新的一週。

＊　＊　＊

運動也是週末的重要節目。法國人在奧運上獲得的獎牌雖然不多，但日常生活中倒是全民熱愛運動，其中自行車是最受歡迎的。住在郊區的人家家有自行車，每到週末，全家大小穿梭在鄉間小路或樹林公園中，住在城市的人也會到附近公園租腳踏車，全家一起悠閒度過一個下午。其次受歡迎的運動還有網球、慢跑、足球、高爾夫球等。兒童的運動項目更多，有騎馬、劍術、柔道、攀岩、籃球等。

法國人空閒時的最大嗜好，還有美化居家環境、裝修房子，城裡的房子修好就修鄉下的別墅。走一趟ＤＩＹ大賣場，就知道法國人有多熱衷自己修繕，從車子到房子都是。最常見的是買家具自己組裝、油漆、安裝電器設備或鋪地板等，厲害的

周末不可免的親友聚餐，親手做的美食、好友、陽光、美酒、小孩的歡笑聲……，美好的時光過去就回不來了。

人甚至可以自己裝修浴室、廚房。人工昂貴當然也是主因，而且不只是男性，很多裝修課程報名的女性愈來愈多，市面上也有許多針對女士設計的超輕電鑽工具等。不想去上課的話，網路上也有專門的影片教你如何自己動手做。

另一個法國人熱衷的休閒活動是園藝。只要天氣開始變暖和，很多人週末就在自家花園裡割草、種花、築籬，近來環保風氣大盛，在自家花園種菜也大有人在。

法國人很愛逛露天傳統市場、跳蚤市集，尤其是陽光普照的週末，就會看到一個個法國家庭出遊，父母帶著小孩逛市場，充分享受這種尋寶般的生活樂趣。巴黎大小美術館多不勝數，每天有看不完的展覽，這也是週末節目之一。

在法國生活，一定會愛上傳統市場，那裡有連鎖超市買不到的新鮮食材，每個攤販的主人都能分享自己引以為傲的獨門秘方，還有不少是自種自銷的有機菜農。水果與菜攤老闆會問客人何時要吃，根據每個人的需求，挑選最佳的蔬果，肉販會教客人如何料理他的醺火腿、羊排……，新鮮食材加上菜市場的料理智慧，叫人如何能不愛上下廚之樂。

上：傳統市場裡的魚販。
中：法國人很愛逛露天傳統市場，那裡有連鎖超市買不到的新鮮食材。
下：各式菇類。

＊　＊　＊

閒散是充電，是前進動力的來源，也是真正品嘗生命的唯一途徑。對法國人而言，週末和休假是神聖的。法國人其實不懶，他們認為人要享受工作與生活，所以試圖在工作和個人生活找到一個平衡點。他們很努力的將有限的時間，平均分配給工作、家人、自己、朋友、娛樂和嗜好。因為人生裡有工作、有家人、有愛情、還有自己喜歡做的事情，所以有一天不工作時，不會茫然不知所措，回首自己的人生成績單時，也將不至於太過單調。

和朋友喝杯咖啡，陪孩子騎腳踏車在公園晃一圈，父子倆一起修理壞掉的機車，天氣不好時，全家一起看電視、聽音樂，這些或許都只是短暫的歡愉，但幸福其實就是這些零零碎碎的片刻累積起來的。這些片刻過去了就不會再回來，比起名譽、地位，才是真正保值的人生資產。

法國女人的堅強與優雅

以前女兒念小學時，我常常看見許多法國媽媽開著廂型車來學校。只見她們身手矯捷的下了車，打開車門，把五、六個小毛頭一個一個抱出來，就像魔術師一樣從帽子裡變出一隻又一隻的小白兔。慢慢地，與更多法國媽媽相處後，我才發現法國女性的生活並不輕鬆呢。

根據統計，法國二十四歲到四十九歲的女性人口中，有八〇%是職業婦女，其中四分之三的女性有兩個以上的孩子。對大部分職業婦女而言，一天的生活是緊湊忙碌的。早上六、七點把孩子叫醒，孩子洗臉刷牙，吃完早餐後，將小孩送到托兒所、學校，自己才趕著九點上班去。晚上下班後一樣匆匆忙忙的趕去接孩子，若太晚下班還得另外請女學生負責將小孩接回家，照顧孩子吃點心、做功課。下班回到家後脫下套裝，開始準備晚餐，全家一起用過晚餐後，還要幫忙孩子檢查功課，看看學校通訊簿，和小孩談談心，為孩子唸一段故事，然後關燈睡覺。等小孩全部上床後，才有時間開始做一些瑣事或自己的事。

法國人很喜歡在家宴請朋友，只要有正常社交的家庭，一個月至少會宴客一次，再加上週末常有家庭聚會，這些也都是法國家庭主婦或職業婦女的工作之一。

法國雖不像北歐那麼徹底的男女平等，表面上也較沒有大男人主義色彩，日常生活中，大小事都是男女分擔，但多數傳統角色仍是落在女人的雙肩上，男性只做些輔助的工作。比方說，如果媽媽忙著家務，爸爸就會陪小孩玩；媽媽忙著照顧小的，爸爸就會替大的洗澡；媽媽忙著洗衣燙衣，爸爸也許就充當司機接送小孩或者去超市採購。偶爾聽到某些家庭是先生掌廚，那是十分稀罕的事，多數是因為太太真的不擅烹調，或是先生極度熱愛廚藝。

傳統上，法國實則是男尊女卑的社會，一直到一九〇七年前，法國婦女還被認定為丈夫的財產，法國女權運動的進度其實在歐洲各國是落後的，一路走來十分漫長。一九四四年法國婦女才取得投票權，一九六五年才可以自由在銀行開立戶頭，擁有自己的支票本，但是共同財產仍由先生處理，只是使用時需要太太同意。至今，雖然法律上明文兩性平等，但在政界與職場上，仍有不少根深蒂固的不平等觀念，像法國女性從政的比率還是偏低，國會女議員不到二〇％，企業裡也有同職不同酬的情形，男女約差二〇％，但她們一步步持續爭取。

雖然男女要達到絕對的平等還有一大段距離，但法國政府規劃了一些配套措施，提供婦女更多的選擇與協助，如托兒所很普遍，若申請不到的話，也可聘請合格、領有執照的保母，保母薪資可以節稅；第三個孩子以上可以領家庭津貼；幼稚園接受兩歲以上的小孩，公立學校學費全免；學校下午四點下課，但大部分都有提供安親班至六點左右等，有些企業也配合婦女有了彈性上班的可能性。這些措施，都讓更多法國女性可隨個人的意志和需求，在人生不同階段完成不同的夢想和任務。

法國不是一個歇斯底里絕對伸張女權的國家，但是社會和政府的確努力，給了女人選擇的權利。人各有志，有人即使念到碩博士、學有專長，卻寧願在家做全職媽媽，專心持家教養小孩。我在法國時，周邊起碼有兩、三位法國名校ＭＢＡ畢業的女孩，只工作一年就辭職回家，各自生養了四個小孩，沒有任何佣人，自己帶大孩子。但也有女性雖然學歷、職位都不是最出色，但是除了為人妻、為人母以外，她們還需要有自己的一片天，做自己有興趣的事。這不僅需要家人的支持體諒，也需要整個社會體制的配合。

＊　＊　＊

提到女權運動代表人物，大家一般會想到法國作家、存在主義哲學家西蒙・波娃。很早以前，我曾為《聯合報》撰寫過法國傑出女性的報導，採訪過法國第一位開飛機的女人、徒手爬山的女人和女性領袖等，其中最令我最敬佩的是曾擔任法國衛生部長、歐洲議會議長的西蒙娜・薇依（Simone Veil），她也是最受法國人尊敬的女性政治家。

薇依女士是猶太裔法國人，她十六歲時，一家人被抓進慘絕人寰的波蘭奧斯威辛（Auschwitz）納粹集中營，父母與兄姐都死在裡面，只有她與妹妹存活下來。後來，她成為檢察官，也做過典獄長，在她任內，建立監獄醫療制度，大幅改善犯人的生活尊嚴，「我們處罰他所犯的罪，但犯人還是一個人，我們要尊重他身而為人的基本尊嚴。」

任職衛生部長時，她在國會提出墮胎合法化案，四百八十多位左派、右派的男議員徹夜輪流上場質詢，有人在台上播放八週胎兒的心跳聲，形容她在製造嬰兒的

1992 年採訪最受法國人尊敬的女性政治家西蒙娜．薇依的報導。

焚化爐，還有人直接罵她是希特勒的化身，充分表現了大男人主義的社會氛圍。

面對謾罵，她全往肚子裡吞，「我深信，沒有一個女人樂意做這樣的事，墮胎是最無助、最不得已的解決辦法，最痛的是那位母親，但若不合法，每年有二十多萬人因此面臨死亡威脅，以及一生可能無法再懷有小孩的創傷後遺症。」當時因為不合法，很多人只能選擇在廚房的小餐桌上，由民間婦人用一枝毛線針殘忍粗魯的把孩子送走，許多女人因此送上性命。很多人用道德的眼光評論墮胎合法化，認為此舉傷風敗俗，將鼓勵女人更加不守婦道。但是薇依女士看的是人性和人該有的基本權利。她在其位謀其事，捍衛的是婦女的健康安全，事實證明社會風氣也沒有因此而敗壞。

我問她，經過這麼多年，能不能原諒希特勒與德軍加諸在她與家人身上的暴行？她沉思後回答我：「原不原諒不是那麼重要了！」

我永遠記得她那一雙像祖母綠般的眼睛裡，蘊含多強大的生命力量！在她手臂上有無法抹滅的集中營編號「7856」刺青，但她卻轉化這個最深沉的生命缺口，一生為捍衛人性尊嚴而努力。

「西蒙娜・薇依」在法國人心目中是堅強與獨立的女性典範，對我而言，她更代表了真實的法國精神——能夠包容多元，以及不同人種都能在此享有自由、尊嚴的人生。

她的家庭被納粹摧毀，她的人生也因此完全改變，後來倖存的妹妹也在一場車禍中家破人亡。這個女人一生中遭遇了一波又一波的苦難，內心肯定有許多創傷是永遠無法撫平的。她從集中營放出後結婚生子又重拾學業、之後從政，是個處事嚴謹、務實、感情內斂，不是很容易親近的人。但我總覺得她有一顆浪漫的心，因為經歷了人世間少有的折磨、驚恐和屈辱，她深知人性可以有多可怕，但她仍願意奮力去保護人類應有的基本尊嚴和權利。她後半生所做的事全部都是大愛的表現，她為了保護女人，隻身面對一群大男人主義的國會議員和衛道人士的人身攻擊，最後仍強悍通過墮胎合法條文；她為了人權努力改善受刑人的生活條件，身為二次大戰受害者的猶太人，她卻願意站出來，為巴勒斯坦人民爭取一塊生存的土地，仇恨好像從未在她心中生根，反而是化成一片肥沃的大地之母。

在我的心目中，她堅強、勇敢面對人生苦難，又可以放下過去，用一顆慷慨的心，確實推動了幾件讓人類往前走的了不起的事。於我而言，她是一位不折不扣，由裡到外最優雅的法國女人。

法國式英雄：手工藝匠

一間普通的咖啡館，一間舊舊小小的麵包店，一間掛滿傳統修鞋工具的鞋匠店，一間幾十年沒有裝修過的男帽店，一間掛滿臘腸，堆滿瓶瓶罐罐橄欖油、香料的雜貨店，只要是正統的、身分標示明顯的店，在法國不但有生存的空間，而且受到尊重推崇。因為他們代表的是精緻專業，做什麼像什麼，而且做得徹底，做得理直氣壯。

Artisan，統稱有專門技術手藝的工匠，這個字是由Art（藝術）演變而來。現今法國工藝匠行業約有二百五十多種，從日常生活中不可缺的水電工、鞋匠、油漆匠、塗灰泥工、瓦匠、木匠、麵包匠、西點師傅、砌石匠、錶匠到和藝術有關的家具匠、精裝書匠到古畫修復匠等，種類繁雜，數不勝數。所以在法國，東西壞了，只要出得起錢，肯花時間去尋找，一定可以找得到人修。

雖然社會愈來愈工業化，但是工匠行業卻是有增無減。過去二十五年來，創造了將近一百二十萬就業人口。這些靠專門手藝而生存的大小行號，占全法國公司行號的三十三%，就業人口占全法薪水人口的十五%。這些工匠有的是獨自營業，有的是十人以下的小本經營行號。

近年來，法國政府和商會不斷推廣工匠行業，當全球經濟蕭條，各大企業裁員不斷時，工匠行業卻不見萎縮。

* * *

法國是個注重專業的國家，連做個農夫都要去農專上課才行。許多人在企業界奮鬥多年，中年以後下定決心轉行，放下一切開創事業第二春。他們可能買下葡萄園釀酒或上山養羊，生產奶酪，或開設自己的髮型設計工作室，這些人都會特地回到職校做學生，重頭學習。

法國的義務教育到初中為止，初中畢業以後，可以選擇直接進入二年或三年制的高職。許多學校也採建教合作，學科與學徒制並行。三年結業後，參加技術組的高中畢業會考，可獲得文憑。也有一些具知名度的職校，只收擁有正式高中會考文憑且通過甄試的學生，如舉世聞名的家具工藝學校和修補古畫的學校等。

一個工藝匠要先在學校學習所有的理論課程，例如肉販要學習動物肢體解剖、基本的衛生規則等；園藝設計師或花藝設計師要學習植物草本科目知識等，然後才真正開始實地操作，吸取經驗。

法國的工藝界有一個非常特殊的組織，名叫 Compagnon De Tours，這是一個成立於一八八九年的協會，意思是「遊走法國的工作夥伴」。這些擁有專業的工匠，用三到六年的時間，遊走不同地區，各自展現自己的絕活，完成精美的作品。這些人有的是砌石匠，專精把一塊大石頭雕砌成形狀大小剛好，成為教堂屋簷上的石雕，或是砌好古城堡倒塌的一片牆。有的是專門鑄造教堂大鐘的工匠，有的則遊走各地製作精美的麵包點心。這些人經過了六年的磨練後，會由同行前輩頒發證書，代表技術的高峰，等同國家文憑，從此聲名大噪，各地爭相聘請，名利雙收，這是每個法國人心中一致認同的無價文憑。

*　*　*

法國人一向熱愛所有傳統的技術，因此對於手工製造的東西，有著不可否認的偏愛，只要是手製，在他們眼中的價值馬上就不同。因為在他們的觀念裡，手工藝除了技術以外，就是要肯花時間按部就班的做。只要是手製的，就代表傳統的方法，傳統的方法必然採用正統的手續，一塊木材如果要十道磨砂處理，不會隨便減成九道；一種手工藝需要六年的學習就是六年，要十年就是十年。法國人尊重的是你花的時間，也認為因此付出代價是理所當然的。因為心血、創意都不是錢財可以衡量的。

全球聞名的愛馬仕皮包，是皮匠一針一線縫出來的，最高級的皮製馬具是手工做的，高級皮鞋是手工的，教堂裡的彩色玻璃也是手工製的，LV的行李箱也是手工製的，名牌高級時裝上的刺繡也是百年老店的師傅一針一線縫出來的。名牌珠寶店裡閃閃發亮的珠寶，也是鑲工師傅一點一點敲打出來的。

法國現今傲視全球的名牌、珠寶，都歸功於這些費近一生精力，躲在幕後的工匠英雄造就出來。但另一個不可或缺的因素，絕對是法國人對美的追求，和對工匠藝的尊重。

有一年巴黎遭遇一場空前的大風暴，當時我住在近郊的洋房，一夜風雨後，路上躺著一棵棵被風吹倒的大樹，我家屋頂的瓦片也吹走了幾片。聯絡了幾天，終於等到一位年約三十的瓦匠，他已經幾天沒睡，但仍不減熱情的幫忙修復屋瓦。過程中和他聊天才得知，這位外表斯文的帥哥已經學藝十幾年了，他的專長在於修復老教堂屋頂，每次都要身綁鋼索爬上幾十公尺高，以修復幾百年前古人建造的一磚一瓦。他很熱愛工作，常常拋下妻女，在外地一待數個月。他說，有些工地為了等一個好師傅，寧願晚幾個月再開工；有時為了依照古法做出和前人一樣的瓦片，他們願意等專門工匠的檔期，修復工程一拖就是幾個月。這正是他們對品質的堅持。

有一次，我在電視上看到一位從事羽毛裝飾品的女性，她不辭辛苦到處蒐集各種羽毛，清洗乾淨後，用蒸氣讓羽毛蓬鬆，然後用特殊染料染成各種顏色，最後才製作成各種不同的裝飾品。這項手藝已經快失傳了，她年歲已高，希望能將這行傳承下去，政府有鑑於此，特別提供獎學金給願意跟她學藝的學徒。除了法國人外，還有日本人也拿到這個學徒獎學金呢。

工藝匠要受到尊重，其實有幾個重要環節，第一，技藝要專精。做工藝的人需謹守前人留下的傳統，不能取巧，更不能為了暴利而偷工減料，因為這是對自己所從事行業的基本尊重。第二，必要時需要政府的適當支援或獎勵推廣。第三則是社會的肯定，以及最重要的是消費者懂得欣賞，願意買單。

如果我們能從小培養文化的底蘊，教導另一種價值觀，懂得別人所花的心血和時間，並願意付出應有的代價，才能讓每樣東西的價值回歸到它原本的位置。Authentique（真正的）是法國人常常強調的一個字，無論食物、用品、建築、歌舞、風俗習慣都常常用到這個形容詞，強調的就是什麼東西或什麼事應該怎麼做、該放什麼東西、該經過幾道程序，都應該落實並遵守，即便是製作最簡單的物品。

科技愈發達，工藝的溫度愈被珍視。

又個人又博愛：矛盾的法國人

法國人是世界有名喜歡抱怨的，一天到晚為了大小事不斷碎碎念，你爭我吵的，芝麻大的事都可以吵到臉紅脖子粗。

法國罷工全球聞名，不管左派、右派，只要政府想到任何改革方案，各行各業的工會馬上籌備遊行示威。然後，政府官員和反對團體各自上電視，或在報章雜誌上解說辯論，你來我往，好不熱鬧。罷工最嚴重時交通癱瘓，學校關門。可憐的上班族每天要花好幾個小時來回，可能清晨四點起床搭便車，或者步行上班，許多住的遠的人半夜回到家，清晨又要起早趕路。

在這麼辛苦的情形下，想必怨聲四起，引起公憤吧！事實並非如此。當然攻擊工會的大有人在，但也有另一部分的人即使是罷工的受害者，卻表示能夠理解工會希望爭取的權益，並強調罷工權是神聖的，完全尊重並支持這個前人辛苦爭取到的權益。如果你看見巴黎市西火車站二十六個月台擠滿人，等待那望穿秋水、遲遲未來的火車，你會萬分驚訝於這些平常吵吵鬧鬧、桀驁不馴的法國人怎麼會如此乖巧有耐心？他們上了一天的班，滿臉倦容，但靜默和秩序卻超越了所有想像，這看來是法國人矛盾的地方，但在我眼裡，卻是法國人真正浪漫之處：他們可以為了一個理想或信念，犧牲現實上的不便和困擾。

＊　＊　＊

許多人來到巴黎，常被街上或任何公共場所一對一當眾親吻的情侶嚇到，非常不習慣，法國人自己卻視而不見，習以為常。亞洲人對這種行為通常以開放、隨便來形容，但若深入探討，這其實是他們經過幾百年來，歷經許多哲學家、文學家的思考、爭辯，最終得到的徹底思想自由。在法國人的觀念裡，情感表達方式是個人選擇，出乎自然，與道德規範全然無關。

這也是他們對於公眾人物隱私的包容度很高的原因。雖然他們是傳統的天主教國家，但對於公私領域的道德是非卻分得非常清楚，不會輕易將一個人惡魔化。

舉例而言，元首有情婦屬於個人私領域，與身為政治人物的他是分開的。法國前總統密特朗有不少緋聞，交往過女明星、女作家，外頭還有私生女，如果是在台灣，早受到輿論譴責而下台，但法國人卻覺得那是密特朗的私事，不會加諸社會道德框架，也不會與他的施政表現混為一談。一般媒體也存在一種潛規則，不會刻意放大這方面的報導，法國民眾看了這種新聞頂多聳聳肩，撇撇嘴，當作茶餘飯後的八卦閒聊，不會群起撻伐，更不用說辦聽證會或罷免了。

但是，政治人物若是貪汙就要下台，因為這已是公領域的範疇。

我從法國人身上修正了道德的這把尺。他們看事情不會只用道德標準，而不討論人性的問題；解析事情不會落入黑與白的二元對立，單單只看好的一面，或是只看不好的一面。

比如，兩人的感情出現了「小三」。

台灣社會和台灣女人對小三的檢視很嚴格，小三被當成是惡魔的化身，是所有錯誤的製造者，是所有女人的公敵。但是，法國女人不會這麼看待這件事，她們反而會想知道出現小三的原因，跟先生或男友討論兩人之間到底發生什麼問題？也許是自己出了問題？解決的方法是什麼？是先分開冷靜，還是尋求婚姻諮詢？她們當然會痛苦、會嫉妒、會憤怒，但小三只是妳先生愛上的另一個女人而已，她不一定是勾引妳先生的單一方。

法國人對人性比較包容，也許有人把它稱之為「開放」，也或者是他們看透了人性，知道忠貞不是輕易能做到的，這或許也是因為，法國人基本上對人性抱著悲觀的態度吧。

* * *

法國非法移民眾多，許多是從中東、非洲、亞洲經由各種人蛇集團潛入法國，有些人的目的是經由海底隧道，偷渡到英國，但成功率不高，在隧道起點就被攔截下來。法國政府無足夠警力每天和這些人玩捉迷藏，所以在法國北部地區，許多難民聚集在野外，搭帳篷暫居。許多人道慈善機構如紅十字會等都會出面公開濟助這些離鄉背井，搏命一擊的非法移民，也有當地居民私下偷偷相助。電視曾報導有些法國人定期供應水果、帶他們回家洗澡換洗衣物，也有人每隔數天就提著塑膠袋蒐集十幾支手機，帶回家充電。

記得有一年，法國政府移民局曾放言，根據法律規定將提訴這些幫助非法移民的法國人，一時之間引起公憤，輿論大肆討伐，紛紛指責懲罰善行是違反道德精神的舉動。移民局長不得不公開聲明，這項措施是針對幫助非法移民的人蛇集團，此事也就不了了之。

右派的法國前總統薩科齊（Nicolas Sarkozy）上任後，計畫整頓法國非法移民充斥的亂象，提出外國移民子女來法依親的規定，也就是說，凡申請依親的子女都需經過ＤＮＡ檢測。此方案一出又受到媒體、知識分子以及一些人道組織的反對。他們的理由是父母子女的關係並非只建立在血緣上，有些配偶前一次婚生子女，經現任配偶認養後，在法律上也是正式子女，且經過多年撫養關係後也形同親生子女，將他們拆散是不人道的。

法國有眾多餐飲業或建築業雇用了非法移民，這些移民利用偽造身分證求職，領薪後也依法繳交所得稅、社會保險金等，可是數年後，他們仍沒有合法身分，於是集結全面罷工，要求政府核准正式居留證。許多法國人同情他們的遭遇，紛紛指責這些老闆明知故犯，趁機以此低薪剝削勞力，並加入他們的抗議行列。

有一年，法國市區歌劇院附近的廉價小旅館發生火災，死傷十幾人。原來，其中住的並不是觀光客，而是低收入的外國移民。政府因為沒有足夠的國民住宅或收容所可以容納這些低收入的移民家庭，只好租下設備老舊簡陋的小旅館來安頓。火災發生後震驚社會，許多法國人指責政府不該把「人」安頓在那種不是「人」住的地方，輿論又是一陣撻伐，電視不斷報導，許多慈善協會不斷呼籲維護移民的權利。

當然，標榜民族主義的極右派仍有一定的選民支持，法國的種族歧視問題也時有聽聞。許多阿拉伯裔或非洲裔的移民甚至第二代，常常指控法國警方有明顯的種族歧視，因為每次街頭臨檢首當其衝的就是這兩種人，有些敏感地區的犯罪案件也以這兩種人居多。

但可貴的是，這個社會在任何情況下都會有不同的聲音，人們很少會被單一的價值觀淹沒。就像政府的執政黨，永遠有在野黨督促鞭策。即使無法完全扭轉，但總有另一種聲音不斷提供人民不同的資訊和另類的思考方式。他們在探討問題的時候，也常常會從法律、人性、道德等各種不同角度來做全方位的思考。

＊　＊　＊

法國許多不孕的夫婦，最後通常選擇領養小孩，他們沒有如亞洲人般根深蒂固的血緣觀念，所以非常能接受領養陌生人家的小孩。他們不但領養本國小孩，也會領養來自亞洲、非洲、中南美洲或東歐的小孩。他們不分男嬰女嬰，一旦領養，視如己出，該嚴格就嚴格，盡力教養。最令我佩服的是他們絕不隱瞞，從小就誠實告訴小孩。我認識的好幾對夫妻甚至還帶著孩子返回祖國，讓他們尋根。這些小孩長大後有的也找到自己的親生父母，但大多數仍認為養育自己的才是真正的父母，是血緣關係無法取代的。

也許西方人較沒有傳宗接代的觀念，領養小孩不是為了香火，只是因為他們認為無法生子是夫妻生活中的一種缺陷，期待能和一般正常夫妻一樣，享受為人父母的喜悅。他們心中積存了許多愛，等著付出，因此可以超越國籍、膚色、性別的界限，無條件地迎接來自不同地方的孩子。我周遭有許多來自韓國、中國、非洲的被領養兒童，他們的父母都是白皮膚的法國人，當他們自然說出：「我兒子、我女兒……」時，和其他父母毫無差別。愛對他們來說，是不分國籍、不管有無血緣的。

孩子乖巧，他們疼愛；孩子調皮，他們處罰；孩子學校不理想、交友不正常，他們擔心；孩子表現優秀時，他們引以為榮。他們盡到父母的職責，也享受了天倫

我可愛的學生，左一來自韓國，左二來自哥倫比亞，右一來自中國。他們都是被法國夫婦領養的小孩，跟其他兩個法國同學一樣，都是父母的心肝寶貝。

之樂，雖然小孩不是他們孕育出來的，膚色也和他們不同。

法國人重視獨立，講求自我，或許也少了一些人情味，可是整個社會並不缺乏愛心。他們對人道有一定的尺規，外勞在此不會被嚴禁出門、扣繳護照、日夜待命或過著不受尊重的生活。許多國家的人對於外勞的態度，有時幾乎近於舊式的奴隸心態，偶爾施點小惠就覺得自己是善人。如果哪天我們真的能夠擺脫這種我尊你卑的強勢優越感，那就表示我們又進步了。

Part 4

飲食背後的生活態度

法國人是全球公認喜歡享受的民族，也造就法國料理在人類美食史上無可取代的地位。不過，當我們在訝異於法國人一頓飯可以吃上兩、三個小時之久，其實可以去思考背後象徵的法國式幸福觀。

Départ Paris - Arrivée Taipei!

初到法國的震撼

當年我從台灣出發，在香港和巴黎轉機，就直接抵達里昂，連巴黎長什麼樣子都不知道。

當時的里昂雖是法國第二大城，但是整個城市死氣沉沉，古老的建築物經年未修，晚上七點過後，一片沉寂，街上少人走動，幾乎看不到什麼夜生活，對學生而言是個讀書的好環境，外務的誘惑的確比巴黎少。

我一下飛機，就被接到父親的法國友人家裡暫住。這位香料公司的負責人約六十來歲，瘦瘦高高的，滿頭銀髮，風流倜儻，是個典型的法國人，風趣幽默，甚至常常充滿高盧式的尖酸諷諧。

他的第三任太太是一個小他三十七歲的黑髮綠眼美女，不僅臉孔艷麗，身材高挑，每天都打扮得漂漂亮亮的親自下廚，家裡布置得井然有序，先生下班回來，餐桌都已經擺得美美的，晚餐隨時可上桌。她的先生食量小，又很挑嘴，所以她每天都要想盡辦法挑起老公的食慾。

我住進他們家沒兩天，就第一次見識到法國人如何在家宴客。一大早，這位旅行坐頭等艙，高貴優雅的董事長夫人就推著菜籃、蹬著高跟鞋（她從來不穿平底鞋）去市場買菜，然後開始一樣一樣的準備菜色，完全沒有佣人幫忙。約莫下午時分，她開始鋪上桌巾，然後拿出熨斗把摺痕燙平，酒杯銀器一個個擦拭過，桌上有鮮花、蠟燭，香檳要冰好。最好玩的是，她在做這些準備工作時，頭髮是上著髮卷的，等到晚上賓客一到，女主人已經光鮮亮麗、頭髮波浪捲度恰恰好，身上香噴噴的，優雅的手拿一杯香檳，周旋於賓客間。很難想像每一道菜都是出自於她的手，包括Sorbet。當然法國人請客不像我們辦桌一樣，菜色豐富繁雜。

抵達里昂的第二個震撼教育是，第一個週末，主人夫婦的堂弟在勃根第買了一個莊園，請大家去暖屋。他們不好把我一個人丟在家裡，所以也帶我去。這也是我第一次看到法國人的莊園別墅。那是座落於整片葡萄園、石造的三百年老建物，我已經忘了總共有幾個房間，只知道一進又一進，上上下下，像座迷宮一樣。

那天參加聚會的賓客不下五十人。從中午開始，客人陸續到達，大家穿著休閒，態度輕鬆，院子裡擺了一張大長桌，上面放了各式各樣的火腿、香腸、起司、沙拉、一隻烤羊腿，正中有一大碗鮮紅色的飲料，裡面浮著一些水果，這是我第一次看到Sangria這種來自西班牙的飲料，旁邊的法國人一聽我從未喝過，殷勤的幫我倒了一杯，一邊告訴我：「你放心，這很好喝，就像果汁一樣，你喝喝看就知道。」

我一喝，發現果然真的甜甜的，很好喝，也沒有什麼酒精味，就傻傻地喝了幾杯，結果那天回程只能躺在賓士車後座，一路睡回家。後來我才知道這種飲料其實後勁很強，很容易讓人上當的。

我到法國的第三個震撼，就是去了有生以來第一次的米其林三星餐廳。

大概在抵達里昂兩週後，有一天，父親的朋友告訴我，隔天晚上他們夫婦要宴請一個國外的重要客戶，順便帶我去吃真正的法國美食。那天女主人還特別告訴我，要穿得整齊些，她自己當然如往常一樣的高貴優雅。

當我進入位於Saône河邊山丘上的餐廳，才知道原來就是法國美食教父Paul Bocuse的三星飯店。印象最深刻的除了金碧輝煌的裝潢之外，就是一群恭敬有禮、說話輕聲細語的侍者。

也是在那一個晚上，我第一次吃到酥皮松露湯。聽說這道湯品是專為季斯卡總統創作的菜，那也是我第一次嚐到松露的滋味，而且它是一片、一片的。說實話，初次體會就一見鍾情，從此愛上了這珍貴的黑蕈。那也是我第一次見到主廚出來和客人打招呼、與人合照。

幾年後，由於工作關係，我再次造訪，主廚還是一樣的和客人打招呼，不厭其煩的和外國客人拍照。Paul Bocuse 可以說是法國美食國際行銷的始祖，他似乎也樂此不疲。

初到法國不到兩週，接連著三次，參加三場不同風格的法式聚會方式，著實讓我大開眼界，不僅在視覺、味覺上長見識，更從三場不同風格的飲食方式開始認識法國的文化。不同的宴客方式代表不同的精神，也有著不同的料理和氣氛，但其實都可以看出法國人對飲食、宴客這件事的看重和講究。

在這幾次的經驗中，大部分時間我都靜靜地坐在那吃東西，傻傻地跟著笑，當然主要原因是法文不好，不敢表達。但其實我後來發現，如果膽子大一點，即使用很破的法文，甚至英文，他們也會很樂意和我溝通的。不過也因為這幾次有口難言的震撼教育，也促使我日後在語言上努力學習。

幾年後，我才了解到對法國人而言，飲食不只是盤中的美食，隱藏在後面的更是滿滿的傳統和文化。

教養從餐桌開始

事實上，舉世聞名的法國餐其實是一個絕佳的教養實驗室，可以讓孩子從小訓練禮貌，了解尊重他人與自己的重要性。因為教養是一條漫長的路，需要每天的堅持，經過一段時間才能看見效果。但我也深信，從小就培養出的禮儀，會很自然的內化，然後會不自覺的從一舉手一投足中散發出一種與生俱來的優雅。在禮儀學校訓練可以學到的方法和形式，當然已經很好，但如果不是出自內心，理所當然的尊重，檯面上的禮儀就好像只是上了一層亮光漆，美化了表面卻難顯現涵養和風度。

* * *

法國的餐桌禮儀可分為宴客與家庭聚餐。若是宴客，小孩不會上桌（一般大人的宴會是不邀請小孩的），女主人會先在客人到來之前，讓孩子先吃飽，客人來時，孩子跟客人打招呼後就有自己的活動，若有同伴，就一起在視聽室看影片或玩樂，從小養成孩子尊重父母的社交生活。照顧小孩是父母的天職，但夫妻也要保留自己的空間。

如果是家庭用餐與家族聚餐，則是孩子學習餐桌倫理的時機。法國的孩子要學會「等待」與「分享」。

法國的餐桌是從女主人開始，每道菜盛裝在大盤子裡，依長幼有序的方式傳菜，每人夾取想吃的分量放在個人盤裡，而且要等女主人先開動，大家才會跟進。華人的習慣會以小孩為主，大部分人會先幫孩子夾愛吃或好吃的菜，但在法國人的餐桌上，菜盤傳遞依序為年長者（以女性優先）、女士、男士，最後才輪到小孩，所以法國孩子必須學會等待，耐心等著菜盤傳到自己，而且從上一個人手中接到菜盤時，要說謝謝。如果還有下一個人，也不能把菜全挾光，要留給別人，透過傳菜，孩子間接學會分享與服務他人。

Emma 兩歲多就使用大人用的刀叉，我的心得是只要肯讓孩子嘗試，其實沒有想像中危險。正統的法式沙拉吃法不會直接把生菜切片，而是用刀叉輔助，把葉片折成可以一口吃進的大小；吃麵包時，也不能整個拿起來啃，要用手撕成一口大小，放進嘴裡，咀嚼時，嘴巴要閉起來；若要吐東西，不能直接吐在盤子上，要先吐到自己的手上，再以紙巾包覆；正式場合的麵包是不能拿來沾盤底剩下的醬汁。孩子一開始學習，都會經過「用手幫忙」的階段，但法國父母不會覺得這樣不乾淨，而是讓孩子從過程裡慢慢練習。

法國菜主餐通常是肉類與海鮮，初期當然是先幫孩子分切成小塊，讓他們習慣刀叉。孩子可以自己吃飯，父母才能安靜舒適的享用一餐。吃飯皇帝大，父母不能因為顧著孩子，而犧牲了自己和朋友好好用餐的權利，也間接影響了和朋友相聚的品質。說句很誠實的話，大部分的人可以（或不得不）忍受自家孩子的吵鬧，但是很少人能真心誠意地接受別人家小孩不斷吵鬧。

比學習使用刀叉更難的是，如何讓小孩乖巧地坐在位子上，安靜、乾淨的把盤裡的東西吃光？大部分有教養的法國小孩一旦上了餐桌（當然也有沒有教養的小孩），必須得到父母允許後，才能下桌，別人講話時，也不能無禮打斷談話。孩子必須學會尊重同桌的人。當然你還是會看到無理取鬧的小孩，因為不是每家都有同樣的教育方式。

當然大型家庭聚會時，父母也會把孩子的座位排在一起，年紀小的，父母還是會先把食物切成小塊。無論如何，孩子愈早學會自己用餐，父母就愈早輕鬆，不必時時刻刻分心照顧。

＊ ＊ ＊

這三、四年回台灣後，因為開了餐廳，我觀察到一個讓大人與小孩都很困擾的現象。店裡常見到姐妹淘聚餐的客人，幾個大人窮於應付一個小孩的景況。小孩覺得無聊坐不住，出現吵鬧，不斷打斷大人談話的行為，為了安撫小孩，大人們必須以孩子為中心，輪流與他說話，姐妹淘自然無法好好享受相聚時光，一場聚會弄得人仰馬翻。

這該怪孩子不聽話嗎？還是父母的責任？這其實關係到孩子平日生活習慣的養成。當孩子習慣家人以他為中心，只要一出聲，所有注意力就會全部在自己身上，大人們也急忙滿足他（她）的要求，長久下來，就會養成「只要叫馬上就有」的觀念，等到要帶出門時就很難控制了。

別以為法國小孩天生就能做到，這是訓練而成的。我相信不論膚色、種族，全世界的小孩都有著因為無聊，就想下桌的天性。要訓練孩子，就要換成他們的視角：當你是一位不滿十歲的孩童，同桌大人們有自己要聊的話題，你會不會覺得無聊？

如果是我，絕對會。所以，父母要預先幫孩子設想，讓他覺得不無聊！好教養需要注意到很多細節，包括父母要讓孩子理解為什麼，並事先訂好遊戲規則。民以食為天，在法國，餐桌常常是教養的起步。教養就像寫精采的小說，需要先有框架大綱，規則定好了就要努力的實行。

從Emma能坐在娃娃椅上吃東西時，我們就讓她習慣，吃飯時就該是在餐桌，連下午茶吃一個優格也要到餐桌上吃，不能拿去客廳吃，更不能邊玩玩具邊吃飯。吃飯時間不能拖太長，時間到了不吃就下桌，下桌了就不能再吃！法國人一天吃三餐，小孩下午加一頓點心，因為晚餐時間在八點之後（小孩較早），在下午四、五點時會吃點輕食。法國父母在餐與餐中間不會讓孩子吃零食。

另外，法國人會讓孩子覺得吃飯是一種享受。

有個情景相信很多人都看過：

「再吃幾口就好！」孩子緊抿著嘴，搖頭推開要塞進他嘴裡的食物。

「乖！再吃一口就好！」大人拿著碗匙，追在小孩後頭餵飯。「再吃兩口就可以看巧虎！」軟聲細語無效，那就丟一個可以打動童心的誘因。

法國人之所以能成為喜歡享受美食的國家，是因為他們不會「拜託」，也不會逼迫孩子吃飯。

Emma很小時也曾經歷挑食的階段。我沒有強迫她吃飯，等了半小時，我就讓她下桌，把她那份食物連同刀叉收到冰箱。那天下午她沒有例行的點心，晚餐時，我把冰箱那盤食物原封不動端出來，熱給她吃，結果是吃得一粒不剩，很簡單，因為餓壞了！很多父母一定會覺得我是鐵打的心腸，居然讓女兒挨餓，但如果那天下午我因為心疼而給她別的東西吃，那她當晚肯定會演出相同的戲碼，也不會覺得那頓晚餐特別香。

當孩子有了幾次因為想早點下桌玩耍，或是因為挑食不吃，或者真的不餓，結果在下一餐前只能餓肚子的經驗後，就不會再找各種理由不吃飯。父母不用擔心孩子會餓壞，我從法國小兒科醫師身上學到最重要的一個育兒觀念就是，孩子有生存本能，不會讓自己餓死！

吃飯應該是愉悅的事，孩子不想吃，不用勉強他，也不要把吃飯當成交易，以「再吃一口、兩口，就讓你做什麼」來交換，也儘量不要養成餵飯的習慣。很多孩子到了餐廳會吵鬧，是因為媽媽把飯菜送到嘴裡，他們手上沒事做，自然覺得無聊，只好找事（吵鬧）做。

我們較少在法國餐廳裡見到吵鬧的小孩，是因為他們在家就很習慣坐在餐桌前吃飯的餐桌禮儀。帶孩子出席純大人的聚會，不管是多乖巧的孩子，要他們坐上兩小時，是很為難孩子的，所以父母出門前可以先與孩子溝通好時間，例如說好吃飯兩小時，時間一到，不管大人們再盡興，都要遵守諾言，帶孩子出去走一走，或給予獎賞。

若孩子沒有遵守，也要事先說好處罰原則，例如今晚不能看他最愛的卡通，或是告訴他沒有甜點可吃（在法國沒有甜點就是處罰了）。不要使用無法實現的威脅利誘，如果要處罰就一定要實行，否則孩子馬上就會很清楚那是虛假的恐嚇。

教養小孩是一條很長的路，你必須要有耐心，有足夠的精力，每天和他們奮戰；你必須要有過於常人的意志力，才能堅持到底，然後你才會發現你可以帶著孩子去餐廳吃飯不會遭人白眼。

Emma 四個月大開始，每年都會跟著我回台北，長達十七小時的飛行，她很少哭鬧過，相反的，還很期待坐飛機。為了讓她不無聊，扣除她的睡覺時間，我會準備畫圖、遊戲等靜態活動，每隔二十分鐘換一種娛樂，平常不能碰的糖果與可樂也通通可以，所以我們每次出門都是大包小包。當然現代的小孩比較好處裡，只要有一個 iPad 或手機就能搞定。

這與帶孩子出門用餐道理相通，父母若要帶孩子出門，就要為他們設想，如何度過那段時光。最重要的是平常就要在家確實演練，讓孩子覺得吃飯就是吃飯，要好好吃，不能做別的事情。

* * *

近兩年，台灣的食安問題層出不窮，政府固然要負把關的責任，但是我覺得消費者也要負應有的責任。台灣因為外食習慣，孩子吃慣了加工食品，很多人不知吃進口中的食物，它的原始樣貌為何，也因為吃進過多的調味，味蕾被扭曲，失去了辨識食物的原始能力，誤把商家調味當成應有的美味，加上夜市、攤販文化，消費者偏好便宜大碗的心態，助長了加工調味食品的市場。每每看到父母帶著小孩，手裡提著外帶食品，我心裡就十分擔憂下一代的健康。

台灣在飲食上的過度方便，其實暗藏了許多危機，就像食安問題，有一部分來自於對食物、食材的陌生。如同法國餐被列入世界非物質文化遺產的理由，美食還要重視人與自然食物的平衡，追求真實原味。

以水果為例，我寧願葡萄不用那麼大顆，那麼甜，可是多一點葡萄的味道，芒果、芭樂也是。什麼東西該有什麼味道，本來該長多大是大自然造物的結果，為什麼要一味追求又大、又甜、又美的超寫實完美主義呢？鹹水鴨不鹹就不是鹹水鴨，甜點不甜也枉費其名，為了健康的理由可以少吃，但是食物的原味還是有其存在價值，因為食物是人類歷史的一部分，也是文化傳承的一環，是每個民族的識別證。我們有義務傳給下一代。

第三部提過，法國的幼稚園、小學都有餐廳，校餐不僅重視營養均衡，也注重美感，菜是一道、一道裝盤。政府還會在每年十月舉辦味覺週，請廚師到學校，教小朋友認識食材，以及學習品嚐食物的滋味，從小培養吃天然食物的味覺能力。

為了下一代的健康著想，法國人對食物教育的投入程度值得學習。為了要讓孩子習慣吃得真實、吃得精緻，如果決定出外用餐，就不要抱著「賺到」的心理去吃飯，重要的是量力而為，把重點放在品嚐真正的食物上。

我剛回國時，籌備法國餐廳，找出我去吃過的法國米其林三星料理照片給店裡主廚參考。

結果，主廚跟我說：「這不行。」

我問：「為什麼不行？法國的米其林三星餐廳就是這樣做啊！」

主廚說：「太簡潔了！台灣的裝飾一定要精緻、漂亮。」

「那，這是在吃美食，還是看美食？」我啞然失笑，料理雖講究色香味俱全，但如此重視擺盤裝飾，反失了美食本色。

法國餐之所以聞名，是因為回歸食材本身特色，強調視覺和諧、口感平衡的料理境界。我不反對講究擺盤，但先決條件是食物要好吃，如果只是將心思放在如何吸睛的考量上，就有些喧賓奪主了。某種程度上也許是年紀的關係吧，我比較傾向反璞歸真，用實在的材料（不一定是最高貴的），用心的，該怎麼煮就怎麼煮，這是我心目中所謂的「誠意」。

因便利的外食也產生另一個嚴重的問題，某種程度上，社會失去了飲食文化的傳承，以及世代的斷層。一家人圍著桌子吃媽媽煮的飯菜，是人類文化裡的重要核心價值，但在現代社會卻愈來愈難得一見。

媽媽煮的飯菜才是家的味道，是再昂貴、精緻的外燴都比不上的。Emma最喜歡吃我煮的蔬菜湯，這道是我婆婆教給我的家傳菜，我婆婆習慣在冬季時，每天煮上一鍋。蔬菜湯的作法很簡單，只是比較費時，在鍋裡放進多樣、大量的新鮮蔬菜，耐心的用小火煮上兩個鐘頭（作法請見第217頁）。女兒下課回來，一進門，就會聞到滿屋的蔬菜湯香味，在她的記憶裡，蔬菜湯是溫暖的感覺，因為那就是家的味道。

想要徹底解決食安問題，我覺得最根本之道還是要從家裡的餐桌出發。讓孩子從小吃慣真實食材做出的美味料理，吃得出食物的原味是第一步，其次是要讓每樣東西的價值歸位，我們才知道如何正確的選擇和該花多少代價！

教養從餐桌做起，法國餐桌可教孩子的六件事

1. 禮貌，讓孩子透過傳菜的餐桌倫理，學會等待與分享。

2. 尊重，學會對食物的尊重與對專業（廚師、服務員）的尊重。
3. 品味，法國菜是一道、一道上，從視覺的擺盤到與味覺的品嚐，潛移默化下，懂得享受簡單、乾淨，品味也由此而來。
4. 訓練文化素養與一般常識。
5. 訓練社交、人際關係。
6. 訓練獨立，從自己決定吃多少開始。

宴客的藝術

我很喜歡邀請朋友來家裡，有了瑪德蓮咖啡書店咖啡後，朋友們想要小聚、談心更是方便。如果要說台灣文化和法國文化給了我哪種共通的養分，我想應該就是好客的習性。

從小到大，就我印象所及，家裡常有客人。我父親除了在外應酬之外，還喜歡帶朋友回家吃飯。由於工廠員工很多，加上三不五時就有父親的朋友來作客，家裡的爐火幾乎沒停過。我還記得掌管廚房的大廚叫「阿隨師」（台語），他是位鬼才，冰箱有什麼食材，就變出什麼菜，隨時隨地都能辦桌，而且總會有幾道「手路菜」（拿手好菜之意）。我們幾個兄弟姐妹下課後，也會帶同學回家玩，快到晚餐時間，我母親就會約同學留下用完餐，再回家。

我們家人口眾多，媽媽持家有方，因此除了宴客以外，我們的三餐並非什麼山珍海味，但是量卻一定足夠，更重要的是那種熱鬧的吃大鍋飯的氣氛。記得只要飯沒了，就去員工餐廳的大飯桶裡挖就有了，同學們喜歡的大概就是那種豪爽、好客的氣氛吧！也因此我們兄弟姐妹互相都認識各自的同學或朋友，再加上時有表兄姐妹來，我們家永遠像個大食堂。

從台灣到法國，我也從台灣的隨興、澎湃、人情味家宴，進入另一個愛宴客的國度。就如我在前頭分享的，初到法國的震撼之一，是見識法國女主人如何在家宴客，從他們的宴客文化裡，理解了法國人對這件事的看重和講究。

根據統計，法國人改裝房子時最重要的預算，首推廚房。因為廚房是一家人交流的重地，且有一個功能好又漂亮的廚房，也是邀請親朋好友的基本條件。開放式廚房也是法國人喜愛的選項之一，因為能夠一邊作菜，一邊與家人、客人聊天。法國女人重視廚房設備，調理機與洗碗機是必備工具，百分之八十的人家裡廚房很乾淨，先生、孩子都會加入分工，大家一起幫忙，像是Emma從四歲起就進廚房，幫忙打麵團。

重視廚房與美化居家環境的趨勢，代表法國人重視「家」帶給他們安全感和精神上的慰藉。久居法國三、四十年後，每次返台，對於台灣家庭只有兩個爐火的廚房百思不解，我心想，兩個爐火怎麼夠用呢？後來才明白，因為中國人不常在家宴客，所以四個爐火真的沒必要。

＊ ＊ ＊

宴客的藝術是在法國落地生根要學會的事。對法國人來說，餐桌是與家人朋友聯誼、分享、延續情誼的地方。還是單身時，我的廚藝不精，只能做自己想吃的，但託法國人愛宴客的文化之福，我常有機會到不同的法國朋友家聚會，每次跟女主人閒聊時，請教一點作法、訣竅，多少也長了點知識。

結婚後，我自己看著食譜書，邊學邊做，我婆婆也教我她的私房菜，我再嘗試著去變化，一點一滴累積起來，我這個在台灣從未踏進廚房的人，竟也練就能做出一桌宴客菜的本事。

決定宴客前，我跟前夫會討論這次該回請哪些朋友，然後列出名單，包括要請誰來，邀誰作陪、誰與誰最好不要同時出席，避開曾有過節，或是政治立場不同的兩人……這些都是要一併考量的。我們也常會特意安排原本互不認識，但覺得雙方興趣相投，應該會一見投緣的朋友共同參加聚會，總之，想要有個賓主盡歡的派對，名單的安排絕對是門藝術，占了成功率的一半。

法國宴客是由女主人主導菜色與主題布置、氛圍，男主人會幫忙打掃居家環境，像我們家的壁爐都是我前夫負責清理的，若時間充裕，他還會把書櫃的書拿下來擦拭。我們常戲稱，還好常宴客，不然家裡一定髒得見不得人。

這種晚餐可以輕鬆，可以正式，完全看客人成員或主人的意思。一般如是幾個知己朋友的非正式聚餐，主人通常會事先通知大家輕鬆赴會。如果是第一次應邀，而且不熟識其他客人，那就不同了。當然不一定要穿得非常正式，但也不能隨便穿條牛仔褲就赴宴。

在台灣，晚宴通常是六點半、七點開始，九點左右就散席各自回家，餐館也甚少讓人待到很晚。法國則不同。宴客時間鮮少在八點以前，尤其在巴黎，晚餐通常是八點半開始。

聚會、派對會儘量選擇在週五與週末，但平日也會有。法國人很厲害，就算前晚聚會到半夜，隔天早上還是能照常上班。

宴客時，主人對於餐桌上討論主題的掌控，也是氣氛經營重要的一部分。這就是為什麼法國人一頓飯可以從晚上八、九點一直吃到半夜一、兩點才結束。一餐吃下來，大家東南西北的聊天討論後，就能互相拿捏對方的出生和肚子裡的墨水。這也是為什麼他們常常把「這個人很有文化」這句話掛在嘴上，這話就表示這個人的水準不低。

如果是較正式的宴會，赴宴之前，也要先了解最近熱門或最受爭議的電影、舞台劇、新書或時事等，以免晚餐時大家討論到時啞口無言，那就尷尬了。我在里昂求學時曾認識一位當地世家的千金小姐，後來我們又在巴黎重逢。有一次我遇見她時，她正急忙的買了一份《世界報》。我心裡十分納悶，因為這位名媛平日幾乎不看報的（尤其是知識份子最愛的《世界報》），我好奇地問她，她說：「因為今晚有個飯局，在場都是部長級的年輕顧問，現在要趕緊惡補一下，以免待會無法加入討論，像個草包。」

* * *

到法國人家裡作客，若是選擇送花給女主人，如果按照正式的規矩，你可以選擇宴客當天下午，或是第二天早上送到。如果是選擇當天下午，通常女主人會插上

音樂、蠟燭和書是我生活中不可少的元素。我喜歡它們隨時在我的視線裡，不管在我家或我的餐廳裡。

客人送的花，讓大家欣賞，若是選擇第二天早上，就是感謝女主人昨晚盛情招待之意。儘量避免在抵達主人家時才送上鮮花，因為這樣一來，女主人還要花時間找可以搭配的花瓶，是不夠貼心的作客舉動。但是現代人大部分還是會當場送上。除了花，也有人選擇帶酒，但是帶酒有時候很麻煩，因為你不知道當晚女主人準備了什麼菜，主人有時會面臨開也不是（怕失禮），不開也不是（因為跟菜不搭）的窘境。最安全的是巧克力，這是飯後大家都可以搭配咖啡或茶的小甜點。

到達的時間也有不成文的規矩。法國人寧願晚到十五分鐘，也不早到。早到可能會讓主人手忙腳亂，是不禮貌的。我自己的習慣是會將所有準備工作（包含打扮）在約定時間前半小時到一小時完成，然後，坐在客廳，悠哉等著客人來，順便再環視周遭是否有要調整之處。

法國在家宴客的流程是這樣的：餐前酒會在客廳，女主人會準備小點心、小番茄、小烤餅、起司等食指食物，大家邊聊天，邊等人到齊後，再移至餐廳。

通常，九點多才會開始用餐。一般來說，法國女主人會準備五至六道料理，包含前菜、主菜、沙拉、起司盤配麵包、甜點。當然，酒也是重點。法國人用餐也一定要有起司，它是轉換味蕾很重要的角色。菜是一道、一道出，所以女主人可以很優雅跟客人聊天。另外，法國菜很少有湯，宴客時也不會有湯（除非是很貴的湯）。

法國宴客是女主人的天下。大家會等女主人坐下後，才會坐下；女主人說開動，大家才開動。位子的安排也是以女主人為中心，她的右手邊是最重要的男客人，左邊是第二重要的男客人，然後，再依序以一男、一女安排座位。

也有女主人會選擇以輕鬆的Buffet方式進行，不過不建議新手如此做，因為這種自助餐的方式，同時要在桌面呈現多樣、豐富的料理，需要花上更多的準備功夫。（除非你買熟食）

如果碰上聖誕新年與中國農曆年，我還會準備潤餅，不過是好友限定，因為潤餅的餡料準備起來實在太費工了！

在法國的中國餐館可以買到潤餅要用的蛋皮、花生粉，再以製作可麗餅皮的方式，做出皮薄的春捲皮。我會教客人怎麼自己包潤餅，這時氣氛會變的很熱鬧，並且告訴他們：「在我們家鄉，只有很好的朋友，才會請他們吃這道菜的！」（這是我爸爸教我的，聽說在福建是這樣。）

＊　＊　＊

很多朋友一聽到要做法國料理宴客，就會覺得很複雜，其實，準備法式宴客的西餐比中餐簡單多了，不像中餐一桌要十道菜以上。

法國餐講究食物的原味，反而不會那麼精心、刻意地去變化與裝飾食物，但是宴客菜單還是要花時間思考與計畫的。確定菜單後，付諸行動去市場買菜，挑選食材，再把它們變成不同的菜色。法國餐強調食材的真實性，除了在米其林星級餐廳品嚐大餐外，很少一餐裡包山包海，囊括海鮮和肉。一般家裡宴客沒有那麼複雜，只要東西好吃道地，比方肉要吃肉的鮮味，不是調味過的，醬汁也是回歸真實，裡頭有哪幾樣食材，醬汁嚐起來的味道就是它們的搭配組合。

比如，法國餐的牛排不會先醃過，只有像羊肉或野禽類這種腥味較重的肉，才會用大蒜、香草、洋蔥與酒下去醃。我們在法國吃的牛肉作法很簡單，將牛肉烤至自己覺得最適合的嫩度，在血水淋上一點油，就成了天然醬汁，再灑點胡椒、大蒜，便可上桌。

我常在想，雖然中餐也講究色香味俱全，但會因為有較多的炸、炒等烹調功夫，以及重視醬汁與調味，反而常失去食物的本味。在法國生活多年，我從法國人的飲食觀念上學到最重要一點是，法國餐之所以能夠牽動著大家的味蕾，是因為他們重視每個細節，而且是從最源頭的食材開始，忠於本色。用的調味料幾乎就是鹽、胡椒、酒、洋蔥、蒜，一些香料（草），比方迷迭香、百里香、月桂葉等；加上他們注重用餐過程的氛圍與禮儀，不斷在細節處求精進，達到精緻，才能讓法國盛產出那麼多舉世聞名的「特產」（見第57頁）。

當我們在問，台灣還有什麼能夠成為世界之最時，我們可以學習法國人的飲食文化裡，那種重視真實與細節卻又能輕鬆以待的精神。

* * *

我記得有一年聖誕節，我的父母親到法國來看我。聖誕夜的大餐，我準備了鵝肝醬、鴨胸、沙拉菜、乳酪與甜點，爸爸看了後，偷偷問媽媽說：「就這樣而已？」

在台灣人的定義裡，沒有滿桌佳餚，怎麼算是過節、請客呢？

我自己覺得，台灣與法國的宴客焦點不同。台灣的焦點在食物，愈多道愈好，表示主人對客人的重視；吃飯與談事、聊天是兩件事，先吃完，再去續攤聊天、談事。法國的宴客焦點則是整體作客過程的餐點與氣氛，如賓主是否盡歡，共度快樂時光、食物與酒是否搭配得宜，或音樂、環境氛圍是否符合今晚主題。

像是前夫很愛音樂，也會玩一點吉他又愛唱歌，用餐完畢，大家就會在客廳談吉他、唱歌、聊天，有時興緻一來，我還會彈鋼琴，幫大家伴奏、助興！我們家的客人常是待到半夜兩點還捨不得結束。

時間是一種心意。我們今天相約吃飯，就是互相給予時間，珍惜在一起的時光，所以在法國吃一餐飯要這麼久，是因為吃飯不只是吃光盤內的食物，還是為了享受主人的邀約。如果你不留充裕的時間，怎麼品嚐得出食物背後的心意？女主人花了時間製作美味的料理，那你就要花時間，用心去品嚐，這也是對廚師或女主人付出心意與時間的尊重。

法國人不會草草吃完，因為那有應酬或應付的感覺，即便是到外頭用餐，他們也會好好享用，把寶貴的時間用來度過美好的時光，店家與侍者也不會來催促客人。

中國人常說，吃飯皇帝大，我倒是覺得，法國人把這句話實行的最徹底！

在家宴客是法國人的「家常便飯」，連帶與宴客相關的電視節目也很受歡迎。我自己就愛看〈幾乎完美的晚餐〉的素人宴客評選節目，評選標準會根據主題、餐點、布置與氛圍和餘興節目等，整體評分，再選出週、月、季與年冠軍。

對法國人而言，飲食除了填飽肚子，滿足味覺之外，更是享受背後代表的生活體驗。

* * *

餐桌除了是聯絡感情的地方，也是清理家人不滿情緒的所在。法國電影裡常出現這一幕：大節日如聖誕節，全家族相聚一起，突然兩人因為一件小事吵了起來，吵到最後，大家把心中累積的不滿、不開心的事全傾出來，法國人稱此為「洗髒衣服」。

我一直覺得，飲食是溝通的導電體，食物是能卸下人們心防、破冰的第一道關卡。

從小，我就看到父親用請客來化解夫妻的冷戰。若母親不跟他說話，他就請朋友回家作客，刻意在客人面前跟母親講話，這時，母親因為不能失禮，只能答話，是不是很好玩？

我跟女兒之間也是用食物來破冰。我們就像一般的母女也會意見不和、爭執，也有關係緊張的時刻，我是那種只要一生氣，就沒法子馬上跟對方說話的個性，有時可以好幾天說不上幾句話。當然，Emma 也會有很氣我的時候，幸好她是樂觀的射手座，生氣就像西北雨一樣，嘩啦嘩啦下一陣子就出太陽了。對上我這個金牛座媽媽，當她不氣了，到了吃飯時間，就會跑來跟我說：「媽媽，我要做晚餐，妳要吃什麼？」或是「我們今晚吃這個好不好？好久沒有吃這個了。」感謝上天給我這麼一個女兒，我對她總是難免有要求或不滿，但是她對我總是包容，很少發脾氣，也沒有過難搞的叛逆期。

飲食是一種生活態度，法文裡有一個字「conviviable」，意思近於同樂。吃飯對他們而言，不只於吃飽或吃好，同時也是享受用餐的時光。他們肯花時間投資在這種享受上，花時間布置一個溫馨美麗的家，擺出一張賞心悅目的餐桌，享受和家人共進美食的感覺，享受自己烹調的食物。

所以，法國人普遍是戀家一族！這也是我在法國學到的事。

當你有一個溫馨的家，就會想多待在家，輕鬆、舒服享受一餐。戀家其實沒有那麼難，只要你開始嘗試，就會迷上的！我建議就從整理家裡開始，只要用心，不必花很多錢。我聽過不少法國年輕人說，還好有IKEA，設計自己的家變得很簡單。法國家庭不常外食，法國人以自己的料理為榮，外國人嚮往他們獨特的生活藝術，但我們也不得不承認，他們很努力的在堅持傳統的價值觀，當然，這也是法國人在全世界的眼中特別難搞的聲名，但也帶給他們健康的生活態度，也因此創造了國家的經濟價值。

如果今天妳是我的客人，我要為妳做什麼菜？

媽媽為女兒設計的菜單

前菜　蔬菜湯（Emma 小時放學回家的記憶）

主菜　紅燒獅子頭（Emma 最愛的中式菜色之一，她一直很想學）

沙拉　起司沙拉（放入Emma 最喜歡吃的三種起司）

甜點　蘋果派&可麗餅（Emma 愛吃甜點，所以準備兩道）

飲料　酸橙樹茶（Emma 最愛的花草茶）

女兒給媽媽的菜單

餐前半小時　紅酒 & 烤蕃茄（因為很少吃，烤蕃茄要很久）

前菜　鹹蛋糕（媽媽以前常做給我吃）

主菜　鮭魚義大利麵（我們都愛吃義大利麵，這是我在倫敦時常做的菜，她還沒吃過我做的這道菜）

沙拉　橄欖油清拌沙拉（加檸檬汁）與起司

甜點　檸檬派（因為她喜歡吃酸酸的食物）

飲料　蜂蜜檸檬薑汁（媽媽喜歡喝）

我在法國學會的家常美味

甜點在法國人心目中的地位是「幸福感」！有一次，我送了一盒巧克力給我的律師，他謝謝我時，特別提及把巧克力與其他正在寫狀子的律師分享，大家都覺得有幸福的感覺。是的！這就是甜點的力量！它所帶來的不僅是味覺的快感，還帶來了精神上的愉悅。

法國人的每一餐，不管男女老幼，即便再簡單，都一定有一道甜食。當然，小孩子如果吵著不肯吃飯，法國父母最常用的威脅語就是：「飯後沒有甜點！」可見得，甜點在法國人的生活中是必須的、重要的，更是人生的樂趣之一。

為什麼甜點在法國人的生活中這麼重要？我想，這應該來自生活文化。每個法國家庭主婦多少都會做幾樣甜點，孩子從小就習慣聞到烤蛋糕的香味。長大後，有了家，自然就做給家人吃了，如此代代相傳，很多食譜都是曾祖母傳祖母、祖母傳媽媽、媽媽再傳女兒。

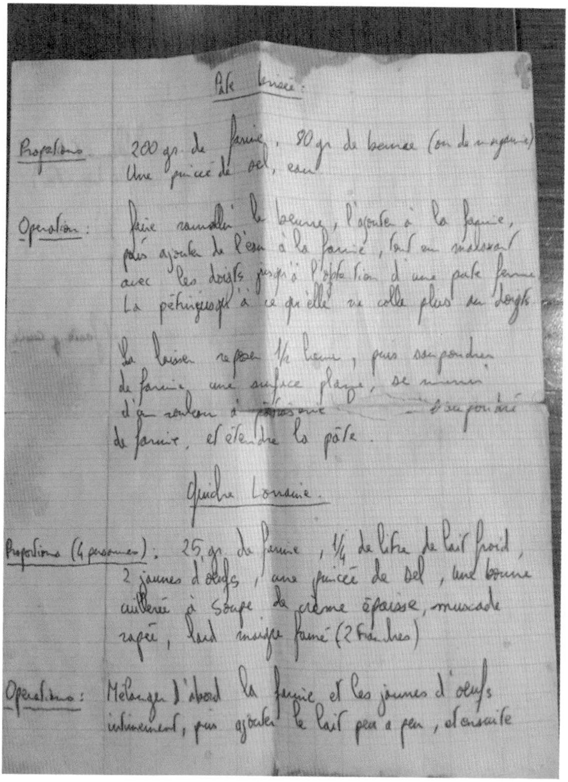

Pâte brisée :

Proportions : 200 gr. de farine, 80 gr de beurre (ou de margarine)
Une pincée de sel, eau

Opération : faire ramollir le beurre, l'ajouter à la farine, puis ajouter de l'eau à la farine, tout en malaxant avec les doigts jusqu'à l'obtention d'une pâte ferme. La pétrir jusqu'à ce qu'elle ne colle plus aux doigts.

La laisser reposer 1/2 heure, puis saupoudrer de farine une surface plane, se munir d'un rouleau ~~à pâtisserie~~ saupoudré de farine, et étendre la pâte.

Quiche Lorraine.

Proportions (4 personnes) : 25 gr de farine, 1/4 de litre de lait froid, 2 jaunes d'oeufs, une pincée de sel, une bonne cuillerée à soupe de crème épaisse, muscade râpée, lard maigre fumé (2 tranches)

Opérations : Mélanger d'abord la farine et les jaunes d'oeufs intimement, puis ajouter le lait peu à peu, et ensuite

婆婆傳給我的手寫老食譜。

不僅是小孩與女人，法國男人也喜歡吃甜點。記得我每次烤蛋糕，女兒放學一進門就嚷著：「好香哦！」先生下班回家，第一句話也是：「哇！這麼香！烤箱裡有什麼？」整間屋子充滿烤蛋糕的香味，這就典型的法國家庭。

失去母親是每個人必經之路，但是如果擁有幾個媽媽傳給你的食譜，做給自己的小孩吃，是懷念也是一種傳承，這是法國人懷舊、重倫理的一面。去外面買一個蛋糕雖然省事（通常也貴），但照著老祖母的食譜烤出來的甜點不但有特色，表達自己的誠意，更是生活哲學的展現。

甜點時光也可以和朋友度過。花點時間，烤個小甜點，再泡一杯咖啡或熱茶，友誼就此展開，我就是這樣交到很多法國朋友，也替女兒結交了她的好朋友。

我在法國做了幾十年家庭主婦，所做的法國菜和甜點都不是去廚藝學校學來的，而是一般法國家庭經常做的家常菜。一家人圍著餐桌，吃媽媽做的菜與烤的甜點，這是法國孩子成長過程的寶貴回憶，也是法國人的快樂泉源，他們用飲食把一家人聚合起來，一代傳一代。

下面幾道法式食譜，是我在法國學習到的家傳美味，下次當你想體驗看看法式幸福甜點與家常菜時，不妨嘗試一下。

連小孩都會做的瑪德蓮

Madeleine是個有點老式，過時的法國女性名字，去過巴黎的人一定也知道位於協和廣場旁邊的瑪德蓮大教堂，那附近也被巴黎人通稱為瑪德蓮區（Quartier Madeleine）。

相傳三百年前有個叫瑪德蓮的女傭偶然間做出一種外型像貝殼的小蛋糕，後來就以她的名字作為這個家常甜點的名字流傳至今。

法國大文豪普魯斯特在他的名著《追憶似水年華》中有一段敘述，在一個寒冷冬天夜晚，他心情低沉，一身疲憊的回到家裡。母親著人為他準備了一杯熱茶和一顆瑪德蓮，他把這貝殼狀的小甜點沾了一點茶放進嘴裡，當蛋糕在舌尖化開時，一股暖意流過全身，一天的陰霾頓時煙消雲散，好像又找到迎接明天的動力了。

普魯斯特出身貴族世家，從小體弱多病，一生被憂鬱症所苦，不像一般小孩，童年時他唯一能出門的時候是每個星期天去姨媽家。姨媽每次都會給他一杯茶和瑪德蓮，對他而言這是跟隨他一輩子的美好幸福的刻印。

Petite madeleine小瑪德蓮，從此在法文裡代表了每個人心中的「最初的感動，終生的最愛」，是可以隨時讓你重新躍起的動力。

記得我在巴黎下班時常塞車，我非常喜歡一邊開車一邊聽著愛樂電台的節目，他們每天都會邀請各行業的名人暢談不同領域的事，中間必定穿插每個來賓自己選擇的他們稱之為「我的小瑪德蓮」的音樂，有時是童年時第一次聽到歌劇的震撼，有的是青春期初次失戀的酸澀，有的是病榻上的心靈安慰，無論快樂或傷感，都是每個人心中各自擁有的秘密花園。

食材：

低筋麵粉一五〇克（也可用一〇〇克的麵粉加五〇克的現磨杏仁粉代替）

奶油一二五克

白糖一五〇克

雞蛋兩個

發粉一茶匙

香草莢半只

橘皮或檸檬皮適量

作法：

1. 將蛋、白糖用打蛋器打勻，再加入麵粉（含發粉）。
2. 加入溶化的奶油。
3. 加入香草籽（將香草莢對切後，用刀劃開香草莢的表皮，取出裡面的香草籽）、檸檬皮。
4. 將麵糊倒入模型時注意只能加滿三分之二，否則烤熟會膨脹溢出。
5. 放入預熱二十分鐘的攝氏兩百度度烤箱中烤十二分鐘。

皮薄如紙的可麗餅

可麗餅可說是法國最親民、最簡單的點心。可麗餅發源於法國不列顛省，十三世紀時由亞洲引進的蕎麥開始做成薄餅，本世紀初才開始用麵粉做成白色的可麗餅。一般法國的可麗餅薄而軟，跟現在台灣流行的外皮酥脆的可麗餅有些不同。在法國，幾乎家家都會做這種薄餅，它經濟、方便、千變萬化、可甜可鹹，就像我們的潤餅一樣，可以DIY又可以同樂，老少咸宜。只要麵粉、蛋、牛奶和一支平底鍋、一根勺子，大夥人就可以歡歡喜喜的開一個快樂的趴。

超市也有賣現成的，街頭也有賣熱騰騰現做的，這是少數法國人會拿在手上邊走邊吃的東西。

每年二月二日，也就是神誕節過後四十天，法國人會慶祝一個宗教節日Chandeleur，意思是蠟燭節，是慶祝聖母瑪麗亞生完耶穌後四十天，第一次把耶穌抱進耶路撒冷的廟堂裡。天主教在禱告時總會點上一根蠟燭，就像我們的香一樣，所以這天後來就成為蠟燭節。法國人的習俗是在這天做可麗餅，每個人輪流把麵糊倒在鍋裡，一隻手握鍋柄，另一隻手裡握著一個金幣在心裡許願，如果可以一手把鍋子用力往上拋，一舉成功將餅翻面，那麼你的願望就會實現！

我偏好薄得幾乎可透光的可麗餅，配方也來自婆婆，因為女兒愛吃，幾乎每星期都要做，一做就是一疊。可麗餅作法並不難，只是煎的時候需要一點技巧。這很難用文字解釋，有機會我們可以在瑪德蓮書店咖啡現場和大家分享。

食材：

低筋麵粉二五〇克
雞蛋二至三顆（看大小）
牛奶二分之一公升
奶油一小塊，約五〇克
萊姆酒二湯匙

作法：

1. 將雞蛋用打蛋器打勻，先慢慢加入麵粉，然後再加入牛奶、萊姆酒。麵糊打好後放置兩小時。

2. 淺底平鍋用小火將奶油融化，然後將奶油倒在碗裡，放一勺子麵糊在鍋裡，輕輕搖轉鍋子使麵糊平均分布於鍋底，等一面熟時再翻面即可。煎第二片前，可拿刷子或擦手紙巾沾些奶油抹勻鍋面，再開始倒麵糊。

＊ 可麗餅和蘋果氣泡酒是絕配，現在坊間有比利時進口蘋果酒 Strongbow 也滿搭的！

外脆內彈的可麗露

近年來，台灣愈來愈多人喜歡可麗露。這道外脆內軟，吃起來有焦糖和奶香的甜點來自於法國波爾多，有一說是十八世紀修道院的修女所發明，但真實性並不可考，反正好吃就行了！

可麗露不需要特別的食材，只是費工費時，而且嘗鮮期很短，通常烤出來後幾小時內最好吃，以台灣潮濕的天氣，到了晚上就不酥脆了，加上我的食譜不上蜜蠟，所以更不容易保存。

不過，其實也不太需要擔心保存期限，因為常常一做出來馬上就被一些吃客搶光，包括我自己！我每次一定連吃兩個才會過癮，尤其是配上一杯黑咖啡更對味呢！

食材（15個可麗露的分量）：

低筋麵粉一〇〇克
糖二五〇克
奶油三〇克
牛奶半公升
全蛋兩個、蛋黃兩個
萊姆酒三湯匙

香草莢一支

作法：

1. 將三五〇cc的牛奶、奶油、香草（將香草莢橫切成兩半）放鍋裡煮熱，但不能煮滾。
2. 拿一個大碗，將麵粉、糖、蛋黃和全蛋拌勻，然後慢慢加入剩下的一五〇cc的牛奶。
3. 將煮熱的牛奶（1）加入（2），取出香草莢，用刀子將香草籽刮出放入牛奶中，香草莢不用。然後放入冰箱冰一整夜。
4. 第二天，將麵糊取出用攪拌器打勻，加入萊姆酒。將麵糊倒入可麗露模子，只能倒滿三分之二高，否則烘培時會溢出模子。
5. 放入預熱到二五〇度的烤箱中烤十五分鐘，然後將溫度降至一八〇度繼續烤四十分鐘，烤好後將可麗露整盤拿出，等涼了再脫模即可。

家傳的法國正統蔬菜湯

我在法國剛結婚時只會做一些簡單的菜，所以住在南部的法國婆婆第一次來家裡小住時真的滿緊張的。尤其婆婆是標準的傳統家庭主婦，一輩子以老公、小孩為主，老公安慰我：「其實我們平日生活很簡單的，從小到大我們家經常晚餐都有一鍋熱騰騰的蔬菜湯，有時就一片火腿、乳酪、甜點，一餐也就解決了，別擔心，媽媽會教你的！」

婆婆一到，我立馬請她教我做「她的」蔬菜湯，她開心的不得了，打開冰箱拿出胡蘿蔔、蒜苗、馬鈴薯、節瓜、蘿蔔、洋蔥、番茄，一點芹菜、月桂葉、麝香草，全部切成薄片，加水、鹽，煮兩、三個小時，煮的時候整個屋子瀰漫著蔬菜的清香，喝的時候更是香甜無比，從此我也愛上了這道原汁原味，絕無半點油脂的清湯。

女兒從小習慣了這一味，過一陣子沒吃就會想念，常常晚上下課回家一進門聞到香味老遠就說：「好香啊！媽媽，你煮了蔬菜湯！」對她而言，這味道就像烤蛋糕一樣，是「家」的味道。

味蕾是有感情的，它是每個人成長過程的一部分，無關乎美食，隱藏在食物後的念想才是最令人難捨的。

食材

蒜苗（大蔥）五支（台灣的較細，所以要五支）

胡蘿蔔二根（不要太粗）、白蘿蔔半根

馬鈴薯一顆（拳頭大的即可）

洋蔥一顆、番茄二顆、節瓜二條

芹菜一支（可帶點葉子更香）

月桂葉三、四葉、麝香草少許

海鹽、胡椒適量

作法：

用一隻湯鍋裝滿水煮開，把用調理機切成薄片的蔬菜放進水裡煮滾，將泡沫撈出，加入香料、海鹽，轉小火慢慢燉煮約兩小時即可。最後可放胡椒提味。

＊ 這道湯真的很簡單，最大的秘訣就是放大量的蔬菜，還有蔬菜要切薄片較容易釋放香氣和甜味。

連九十歲媽媽都愛的油封鴨腿

中菜裡有鹹酥雞、香酥鴨，法國菜裡也有一道歷史悠久的油封鴨，源自法國西南部靠近波爾多出產鵝肝醬的 Perigord 地區。當地的人為了保存方便，將鴨腿遵循古法，用大量鹽醃漬，後來在十七世紀被法國歷史上有名的亨利四世發揚光大。這位法國史上第一位基督徒國王，也是結束法國宗教戰爭的帝王，可惜三十四歲英年就被刺殺。他非常喜歡油封鴨，這道菜因他開始上得了檯面，從此成為法餐中的經典料理。

油封鴨腿外脆內軟，是很費工的菜，需要先醃十二小時。油封就是把鴨肉泡在鴨油裡，用低溫小火慢慢煮熟，讓大量的油脂將肉密封，隔絕空氣。在法國時，我會選用波爾多的鴨。我媽媽來法國時，最愛吃這道料理，她可以天天吃都不會膩。法國波爾多鴨好吃，就在於分布均勻的油脂。我們店裡也有賣油封鴨腿，選用宜蘭的好野鴨，每天限量十份。

食材：

鴨腿六隻
鹽四十二克、大蒜三棵
月桂葉三、四片、麝香草少許
鴨油一鍋

作法：

1. 將鴨腿洗淨，用紙擦乾。用鹽、大蒜、月桂、麝香草將鴨腿醃漬十二小時。
2. 用水將鴨腿清洗乾淨，用紙擦乾。
3. 將鴨油蓋過鴨腿，以低溫（約八〇度）煮七小時。冷卻後將鴨腿連油裝入罐中或甕中保存。

4. 要吃前將鴨腿取出，平鍋燒熱，將鴨皮那一面煎到酥脆，再翻面煎熱即可。

女主人燉肉

我婆婆的家鄉在法國中南部火山地帶的山上 La Chaise Dieu，那裡有一座建於十一世紀的大教堂，它的創始人由該地發起十字軍東征，從此這裡就成為歐洲著名的宗教聖地。十五世紀時來自這座教堂的一位修士成為教宗，也就是聞名於世的亞維儂教宗皇宮的創建人。

我們以前每年夏天都要去山上陪伴婆婆，每天她都會燒一、兩道拿手的菜，飯後我們就去森林散步消食，順便撿些野蕈，晚上就拿大蒜清炒碩大的野菇，有時加點鮮奶油，香脆爽口，我至今難忘。

婆婆是個標準的家庭主婦，年輕時做過鋼琴老師，一直到八、九十歲琴還彈得很好，結婚後先生和孩子就是她的全部，除了音樂以外，她幾乎沒有什麼自己的世界。她很會燒菜，在那個年代，現成的東西很少，所以許多東西都得自己來，她甚至會去抓野生的蝸牛來做焗烤蝸牛。蝸牛抓回來後要放在一個大臉盆中，灑上麵粉（為了讓蝸牛吐沙），蓋上鍋蓋，然後上面再加上一個重重的秤錘，以防蝸牛跑出來。最好玩的是有一次她忘了放秤錘，結果第二天早上屋子的牆壁和天花板爬滿蝸牛，全家人出動追著蝸牛跑，當晚吃著香噴噴的焗烤蝸牛時，人人都覺得功不可沒！

婆婆偏愛燉烤肉類，也很愛吃馬鈴薯，梅花燉肉就來自她的真傳。這是一道樸實的家常料理，我在巴黎時就常常做，回來後自然也把放入瑪德蓮書店咖啡的菜單中和大家分享。如果婆婆還在世，今年應該有一百一十歲了，她大概做夢也沒想到現在有許多台灣人也吃過這道菜！

食材：

梅花肉（整條）一、兩公斤

小馬鈴薯一公斤

臘肉或培根二〇〇克
大洋蔥一顆、杜松子六顆
鮮奶油四湯匙
鹽、胡椒適量

作法：

1. 將洋蔥切絲，臘肉或培根切丁，馬鈴薯削皮後切片約一公分厚。
2. 將鑄鐵鍋用少許油燒熱，炒熟洋蔥和培根，撈起備用。
3. 將梅花肉用棉線綁好或用棉網套好以防肉散開，放入鍋裡煎上色，撒鹽和胡椒。
4. 加入洋蔥、培根和杜松子，加高湯（約肉的一半高度），將鍋蓋蓋好，放入二三〇度的烤箱中烤一小時。
5. 加入馬鈴薯後再烤一小時（二〇〇度）。

6. 烤熟後將鍋子拿出烤箱，加入鮮奶油攪拌均勻。
7. 把棉網拿掉，將肉切成約一公分半厚度的肉片，排盤時旁邊放馬鈴薯，淋上醬汁即可上菜。

無防腐劑的橘子果醬

旅居法國數十年中，週末總會去露天市集逛逛。

有一天，我看上了攤子上黃橙橙的橘子，一面挑一面就跟鄉下來的老闆娘聊了起來。我們聊得十分愉快，老闆娘說：「我給你一個簡單的果醬作法，妳回去試試！」從此，這個因緣際會下得來的食譜跟了我幾十年，我喜歡它簡單、健康、樸實，除了橘子、葡萄柚、檸檬、砂糖，和五個小時的細心看顧外，再沒有添加任何東西了！

再悄悄告訴你一個週末早餐的秘密：買一條法國長棍麵包，煎個培根荷包蛋，麵包上塗一層上好奶油，再塗上一層橘子果醬，當然還要一杯咖啡或茶，這就是人世間「簡單的幸福」。

食材：

香吉士橘子（看大小）四、五顆

萊姆三顆

葡萄柚二顆

等同以上水果重量的砂糖

作法：

1. 將水果用刷子仔細刷乾淨，連皮切成小方塊，將所有的籽集中放在一個泡茶的球網裡。
2. 將水果放在大鍋子裡加水（蓋過水果）煮沸後，將水果撈出用果汁機打成泥狀，再把水果泥倒回鍋裡加入糖，連同水果籽一起煮大約四到五小時。要不停的攪拌以防燒焦，之後將籽撈出即可。

3. 將一大鍋水煮開，放入玻璃罐和蓋子消毒後撈起烘乾，將熱的果醬裝瓶，蓋子栓緊然後將瓶子倒放，第二天再翻過來即可。

法國家庭都有的沙拉菜

沙拉是法國人天天都會吃的，作法也有很多種。我個人偏好酸甜口感，其實只要菜葉新鮮，就能製作出一道美味的輕食料理。

食材：

沙拉菜、胡蘿蔔、小番茄、綠橄欖、玉米、紅蔥頭、

蘋果適量

醬料：

橄欖油五湯匙

巴沙米醋或果醋兩湯匙

鹽、胡椒粉、芥末醬一湯匙

蜂蜜少許

作法：

1. 在大沙拉碗裡放芥末醬，加入醋、鹽、胡椒粉、蜂蜜，用叉子攪勻，然後慢慢倒入橄欖油。

2. 最後加入紅蔥末，然後淋在蔬菜上。

清爽不膩的檸檬塔

這是法國點心店裡必有的甜點，作法千變萬化，每個人都有自己的食譜，有的內餡軟滑，有的較乾爽，有的上面加蛋白霜。我個人偏愛較乾爽，帶檸檬皮，也不塗一層光如鏡面的糖膠，所以外觀沒有那麼漂亮，保存期限也較短，但是吃起來較清爽不膩，這是我最喜歡的甜點之一。

你也可以將餡料換成不同的水果，比如法國夏天盛產一種李子，法國人會拿來做成李子塔，上頭的水果換成蘋果就變成蘋果塔，換成草莓就變成草莓塔。

如果把餡料換成蔬菜，也可以做成鹹派。Emma 在法國的教母曾教我做法式鹹塔，她是法國貴族，也有自己的酒莊，雖然很富有，但什麼都自己做，也很會利用剩菜，第二天把它們做成鹹派。

只要學會派皮基本功後，你就可以開始自己變化，看冰箱有哪些食材，就地取材，作成千變萬化的塔派。

六寸塔皮食材：

低筋麵粉二〇〇克

奶油一〇〇克、蛋一顆

糖一〇〇克、鹽少許

作法：

1.將糖和蛋拌勻，加入鹽、麵粉和室溫融化的奶油，用手快速捏成麵糊。

2.將麵糊放入冰箱，冰一小時。

3.將麵糊用桿麵棍桿成一張約半公分厚的麵皮。

4.將模子用奶油抹勻，再灑上薄薄的一層麵粉以便於脫模。

5.將麵皮鋪在模上，用手壓平，尤其是邊緣部分一定要用手捏緊，然後將多餘的麵皮用刀子削掉。

6.用叉子在模子底部戳洞，以防烘培時麵皮凸拱。然後放入約一八〇度的烤箱烤十分鐘。

餡料食材：

檸檬三顆

雞蛋三顆、糖一三五克

奶油三十五公克

作法：

1. 檸檬兩顆擠汁，一顆將皮刨絲。

2. 將雞蛋和糖拌勻，加入室溫融化的奶油、檸檬汁和檸檬皮，倒入烤好的麵皮後，放入二〇〇度的烤箱烤三十分鐘即可。

附錄

那些父母在我心中播下的種子

我生長在一個傳統的台灣家庭。雙親出身微寒，日據時代都只受到初等教育。由於祖父母早逝，父親周塗樹先生十三歲時就和許多那個時代的企業創始人一樣，從學徒開始做起。父親和兩個姐妹相依為命，一肩扛起家計，十八歲的他就已飄洋過海到中國做起貿易，歷經許多不為人知的辛酸。

一生中，我只見過兩次父親落淚。一次是他不久於人世在加護病房中，意識清楚卻像隻困在籠中的獅子，萬般無奈的清淚。另一次就是我在里昂求學時，父親因公順便來探望我，那時窮學生只租了一間小房子，原先已打點好讓父親睡房間，自己備了一個床墊在外面小小的客廳兼廚房打地鋪。結果父親一到後，說什麼也不肯睡房間，他說女孩子家怎麼可以睡客廳，拗了半天還是照他的意思。

第二天一早，我煮好稀飯，正要叫他起床吃早餐，卻看到躺在地板上，擁著一床棉被的父親獨自留著眼淚。我嚇壞了，父親在我的心目中是一棵大樹、是天，我認識的爸爸可以嚴肅、脾氣暴躁，也可以風趣健談，喝醉酒的時候會自己編歌，對著兩隻無辜的大狼狗胡言亂語，但我從未見過父親的眼淚。

我驚惶失措的抱住他，問他：「爸爸你怎麼了？」

他愈發不可收拾的哭得傷心，最後終於哽咽地說：「昨晚睡在地板上，忽然想起少年時，阿公阿嬤都走了，丟下貧窮的我們。白天我出去做學徒，你大姑在家幫人做裁縫，晚上回家你姑姑睡房間，我就拿床棉被睡在白天她替人裁衣的桌上。昨晚的情景像極了當年！那時我才十五、六啊！」

這是我此生中少數偷偷進入他心靈中的第一次，也是我一輩子珍惜的片刻！

在那個世代，父母和子女的關係大多是遠距離的，所有的愛和關心都極度內斂，聊天、溝通不是我們所熟悉的相處方式。媽媽平日負責管教我們的日常行為，相較之下，爸爸比較著重於為人處世的教育。我不記得曾被爸爸罵過，遇到真正重要的大事，他反而以道理循循教誨，再不行就以情動之。

爸爸反對我的婚姻，一直到最後一刻都未曾放棄。向來懶於書信的他，竟然於婚禮前寫了五、六封信給我，每次一讀，眼淚就嘩啦嘩啦地流下。有幾十年時間，我都不敢再去看這些信，上次搬家時不慎搞丟了這捆信札，讓我懊惱不已，也更加想念他。

小時候爸爸很忙，感覺上總是遠遠看著他。他有天生的威嚴，卻非不苟言笑，罵人時暴跳如雷、言詞精準犀利，但另一方面卻豪爽健談、機智風趣、交遊廣闊、講義氣。朋友有難二話不說，奔波相挺。

比起那個年代的大企業家，父親並沒有成就大事業，但他一生活得精采痛快！走遍全世界，閱歷豐富的他，其實細心敏感，嘴裡不說，萬事觀察入微，真心假意，全入他眼裡，人情世故心中了然。可他還是勇往直前、義無反顧的照他的方式活下去，因為他有一顆浪漫的心。

仔細回憶起來，我發覺父親有著與生俱來的生活品味，不管食、衣、住、行，他很早就有自己的風格。

我出生於工廠，生長於工廠，我們不是富豪，父親卻能用他手裡的資源，為我們設計一個很舒適、很美、很特別的家。我家在工廠的二樓，三面都是玻璃窗，有空中花園、有別出心裁的石桌，有小魚池、有工匠特製的活動木門，可以將餐廳和客廳分合自如。

家裡總是高朋滿座，不是豪門世家的宴客，而是盡興的吃喝談笑。每年中秋節和曇花開的時候，父親總是吆喝一群朋友來家裡吃飯賞花、吟詩和唱歌。從小我們就陶醉於這種氣氛，遲遲不肯上床。

父親一直很講究穿著，記憶中他總是西裝筆挺、袖扣無數，領帶就更不用說了。他每到一個地方必買一條領帶作紀念，來巴黎還喜歡買呢帽。也許是做紡織吧，他的品味一向很好，每次幫媽媽買的皮包都很漂亮。我七歲時，爸爸去日本出差，順便買了一台原裝的 YAMAHA 鋼琴，幾個月後，我開始每天被媽媽逼著練鋼琴。在那次行囊中，他同時帶回一套七十八轉的貝多芬交響曲唱片，我還記得共九張，盒套上是義大利指揮家托斯卡尼尼。我常想，我這一生會被那麼多美好的事和物打動，是不是父親早已在我的心中，幫我灑下了一顆種子呢？

＊　＊　＊

母親十六歲嫁入周家，十七歲初為人母，做一個家庭工廠的老闆娘。媽媽很厲害，以兩年一個的步調，二十八歲時就輕而易舉地把二男四女生完了。如果不是身體發生狀況，在我之後可能還會沒完沒了的生個一打吧！

相較於父親的細膩敏感，母親顯得粗枝大葉，也較務實。她認真、規矩、一板一眼，每天一大早去市場買幾百個人吃的菜，巡視工廠，利用廚餘養豬賺錢。爸爸前晚喝醉酒了，一早她還要負責叫醒他上班。

母親出身微寒，不管是對朋友或員工卻慷慨大方。她個性率直，常常無心得罪人，尤其不懂甜言蜜語哄人，但她一生誠懇無私的照顧娘家和婆家所有人，度量不是平常人可及的。父母一生吵吵鬧鬧，但是我知道父親心中還是很尊重她的，因為父親知道除了她一生的付出外，這個跟了他一輩子的女人是個肚裡能撐船的人（台語指有肚腸的人）。

母親現在已九十二高齡，還是念念不忘從前的熱鬧溫暖，恨不得每天有一大堆人來家裡吃飯。

在我出生前幾年，爸爸把全家由熱鬧的館前路搬到四周都是田地的汀洲路，創立了高砂紡織工廠。我一出生就住在工廠裡（現今公館金石堂書店）。父親平時忙著經營事業，母親除了幫忙管理工廠大小事，還要打理家務和六個小孩。媽媽對我們的生活起居管教嚴格，罰跪是常有的事。她只負責叫我們念書、看成績單，在課業上從未、也沒有能力實際的輔導。家中六個兄弟姐妹在升學過程中，幾乎是自生自滅的。小學畢業了，該考初中的就去考，初中念完就考高中，高中完了考大學。所有考試，都是自己單槍匹馬去。媽媽沒有拿扇子、毛巾和冰水等在外頭（她實在太忙），填自願也都是自己糊里糊塗地想填啥就填啥。不像現在的父母，自己受了高等教育，資訊豐富，從小就替小孩規劃一條必勝之路。但是有一件事我至今感謝媽媽，因為她的嚴格，使我有機會把鋼琴學到一個程度，讓我愛上音樂，在人生中打開了一扇窗。

＊　＊　＊

仔細想來，除了父母外，我的成長過程中許多教育得自於兄姐。我從小就跟著哥哥姐姐們看書、看電影、聽音樂。小學六年級時，我居然就看完當年轟動一時的郭良蕙所寫的言情小說《心鎖》，《基督山恩仇記》、《飄》、《咆哮山莊》、《簡愛》、《戰爭與和平》等這些入門款的外國經典小說，我大多在初一就全讀過了。

哥哥們看武俠小說，我也跟著看，後來就是《野鴿子的黃昏》、白先勇的《孽子》、李敖和柏楊的作品，兄姐們看完了丟在那，我就拿來翻翻，覺得有趣就一本接一本看下去。看書這件事好像從小就是生活的一部分。小時候跟著兄姐們看，長大後就自己去重慶南路的書局買。家裡從不缺書，冥冥中這或許就是一種緣分吧！

一九八二年，工廠遷往桃園，兩位哥哥當時已接手輔助爸爸的事業，工廠原址原本也有改建商場之想，最後禁不起對日本大型書店的嚮往，決定在汀洲路原址創立全台第一家複合式連鎖書店，並設了咖啡廳。

時代變遷，科技進步，3C產品不但取代了許多東西，也改變了人的思維，金石堂仍然本分的「賣書」。我出國四十年，對家裡無任何貢獻，三年前回國定居，在哥哥的遊說下，將三十年前的咖啡廳重新整理，變成今日的瑪德蓮書店咖啡。繞了大半生，我又回到我出生成長的原地，希望能在這日趨浮誇的世界，散播一點樸質真實的理念。

用實在的材料，用心的，該怎麼煮就怎麼煮，是我對飲食的「誠意」。圖為瑪德蓮書店咖啡使用的產品。

瑪德蓮書店咖啡一角。

人生顧問217

巴黎上車，台北到站

作　者—周品慧
採訪撰文—林禹岑
食譜攝影—楊川宏（P216、P218、P225、P227除外）
主　編—李宜芬
封面暨內頁設計—劉克韋
責任企劃—張燕宜
企劃助理—石瑷寧

董事長—趙政岷
出版者—時報文化出版企業股份有限公司
10801 9台北市和平西路三段二四〇號三樓
發行專線—（〇二）二三〇六—六八四二
讀者服務專線—〇八〇〇—二三一—七〇五
（〇二）二三〇四—七一〇三
讀者服務傳真—（〇二）二三〇四—六八五八
郵撥—一九三四四七二四 時報文化出版公司
信箱—10899台北華江橋郵局第九十九信箱
時報悅讀網—http://www.readingtimes.com.tw
法律顧問—理律法律事務所 陳長文律師、李念祖律師
印　刷—勁達印刷有限公司
初版一刷—二〇一五年八月十四日
初版十一刷—二〇二二年四月十五日
定　價—新臺幣三〇〇元

時報文化出版公司成立於一九七五年，
並於一九九九年股票上櫃公開發行，於二〇〇八年脫離中時集團非屬旺中，
以「尊重智慧與創意的文化事業」為信念。

巴黎上車，台北到站：那些法國教我的愛、自由與家傳美味 / 周品慧著；林禹岑採訪撰文. -- 初版. -- 臺北市：時報文化, 2015.08
面；　公分. -- (人生顧問；CFH217)
ISBN 978-957-13-6352-3(平裝)

855　　104014344

ISBN：978-957-13-6352-3
Printed in Taiwan